小学館文庫

余命3000文字

村崎羯諦

小学館

余命3000文字

「大変申し上げにくいのですが、あなたの余命はあと3000文字きっかりです」

医者の言葉に俺は耳を疑う。冗談かと思ってもう一度尋ねてみたが、医者は首を横に振り、同じ言葉を繰り返すだけだった。

「余命何年なら聞いたことはあるんですが……。一体どういうことなんですか？」

「どうもこうも言葉の意味そのままです。あなたの余命はあと3000文字きっかりで、その文字数に達したと同時にあなたは死んでしまうということです。ほら、こんなやりとりをしている間にもう200文字も使ってしまった」

俺は慌てて自分の口を手で押さえる。

「えっと、私があと3000文字弱しか生きられないとして、治療法は……？」

「治療方法はありません。ただ、対策は存在します」

「対策？」

医者が眼鏡をくいっとあげながら答える。

「簡単です。あなたの残りの人生を残り３０００文字に収めればいいのです。３０００文字に達する前に寿命がくれば、余命もへったくれもありませんからね。コツとしては、できるだけ哲学的な思索はせず、情景への関心をなくすことです。例えば先程の医者が眼鏡をくいっとあげたなんて無駄な描写です。今後は控えるように。会話文も多用はダメですね。地の文よりも文字数を消費してしまいがちですから。そして何より重要なのは、できる限り同じ毎日を過ごし、当たり障りのない人生を送ることです。そうすればきっと、３０００文字もしないうちに寿命を迎えますから」

俺は半信半疑のまま医者の言葉にうなずく。そして、現時点での文字数を確認してみる。ここまでの文字数は６００文字程度。俺の残りの人生は、残り２４００文字。

それから俺は医者の助言通り、当たり障りのない毎日を過ごすようにした。平日は会社と家の往復だけ、休日は基本家にこもって外出しないようにする。人との交流はドラマを生みかねないので必要最小限に。それから人生の意味なんてものは意識的に考えないようにする。そのような生活を心がけ、一年が経《た》ち、二年が経ち、五年が経った。俺は部屋の壁にかけられたカレンダーで日付を確認する。今日はちょうど俺の三十五回目の誕生日。次に俺は現時点の文字数を確認する。ここまでで、約９００文

２１０１／３０００

字。このままのペースでいけば、十分《じゅうぶん》天寿を全うできるだけの文字数だった。虚《むな》しくないといえば嘘になるが、若くして死ぬよりはよっぽどましだ。文字にするだけの出来事じゃなくても、そこそこ楽しいことはいくらでもあるし、大多数の人間の人生なんて所詮そんなものなのだから。でも、本当にそれでいいのか？　いや、考えるのはよそう。無駄に文字数を使うだけだから。

しかし、その時。俺はふと、家の外から何やら焦げ臭い匂いがしてくることに気がついた。しばらくしてから聞こえてくる騒がしい声。なんだろうと思い外に出てみると、向かいの木造アパートが火事で激しく燃えていた。アパートの前には避難してきた住民、そして野次馬の姿。あーあ、可哀想《かわいそう》に。俺はそんな風に呟《つぶや》きながら、家に戻ろうとした。

「まだ中に子供が‼」

聞きたくない言葉だった。俺は声のする方向へ視線を向けた。視線の先では、周りの住民が母親らしき女性を必死に引き止めている光景。俺は無意識のうちに母親の視線の先を目で追う。アパート三階の角部屋。開いた窓にちらりと映る子供の人影。アパートの火はどんどん大きくなっている。周りにはたくさんの人間がいるが、圧倒的な火事の恐怖から誰も動けずにいる。だから、俺がここで動かなかったとしても、誰も俺を批判することはできない。頭の中でそんな卑怯《ひきょう》な考えが浮かぶ。

残り1500文字。ここで俺が助けに行けば、その分だけ余命を縮めることになる。いや、助けている途中で文字数オーバーになる可能性だってある。それに俺が知らないだけで、毎日どこかしらでこういう悲劇は起こっているのに、なぜ余命宣告を受けた可哀想な俺が関わる必要があるのだろう。それがただ目の前で起きたか、そうじゃないかという違いのためだけに。さあ、耳と目を塞《ふさ》いで早く戻ろう。どこへ？　残り1000文字とちょっとで収まる自分の人生に？　その問いかけに俺の足が止まった。

「ちくしょう‼」

俺は燃え盛るアパートの方向へ走り出した。突っ立ってるだけの住人からバケツを奪い、全身に水を浴びる。水の冷たさと恐怖で震える足にムチを打ち、俺はアパートの階段を上り、子供がいる三階の角部屋へと向かう。壁を覆うように火が燃え、通路には黒煙が充満している。煙を吸い込まないように姿勢を低くしながら、俺は何とか目的の部屋に辿《たど》り着く。ドアノブを握るとあまりの熱さに針で突かれたような痛みが走る。ぐっと歯を食いしばりながらドアを開くと、熱風と黒煙が俺の身体《からだ》を包み込ん

1081／3000

だ。残り1000文字。字数がない。部屋の壁には火が燃え移っていて、天井は煙で覆われている。濃い灰色に染まった視界の中を俺は手探りの状態で奥へと進んでいく。廊下を突っ切り、一番奥の部屋へと飛び込む。狭い部屋の端っこには、五歳くらいの小さな女の子が恐怖で身体を震わせながら縮こまっていた。俺は女の子に駆け寄る。女の子が俺の姿を見た瞬間、大きな声で泣き始める。

「よしよし、怖かったな。もう大丈夫だ。お母さんのところに連れて行ってやるからな」

俺は女の子を抱っこし、部屋を出る。あとは来た道を戻るだけ。しかし、俺が胸をなでおろしたその瞬間だった。轟音《ごうおん》とともに廊下の壁が崩れ落ち、隣の部屋から炎の塊がなだれ込んでくる。俺は反射的に子供を抱き抱え、その場にうずくまる。燃えるように熱い背中。崩れた壁の一部分が俺の背中に直撃する。息が少しずつ苦しくなり、頭がうまく働かなくなってきている。しかし、それが火事のせいなのか、3000文字が近づいてきているからなのかはわからない。

炎の勢いが一瞬だけ弱まる。俺は顔を上げ、玄関の方へ視線を向けた。廊下は一分の隙間もなく紅色の炎に包み込まれていた。胸の中で子供が大きく咳《せ》き込む。咳《せき》は痛々しいほどに乾いている。そして、俺の命は残り500文字。

窓から飛びおりるしかない！　俺は先ほどの部屋へと駆け戻った。しかし、火の手はもうここまで迫っており、部屋の中は激しい炎に包み込まれていた。俺は覚悟を決める。子供をぎゅっと抱きしめ、前のめりの状態で炎の中に突っ込む。何も感じるな！　何も考えるな！　俺は自分に言い聞かせる。煙で前は見えない。着ている服に火が燃え移ったのがわかる。俺は窓がある方向へ走り、子供を抱き抱えたまま身体を投げ出した。反射的に背中を地面へ向ける。木の枝か折れる音がして、背中に衝撃が走る。俺はすぐに抱きしめていた子供を腕から離す。ぼやけた視界の端でも、子供の服に火が燃え移っていないことがわかった。

「ゆかり!!」

「ママ！」

遠くから母親の声が聞こえてくる。誰かが「救急車！」と叫ぶ声が聞こえてくる。服に燃え移った火は俺の身体を包み込むほどに大きくなっていたが、もう熱いという感覚すら感じない。文字数を確認するまでもなく、俺は命の終わりを悟る。あーあ、馬鹿なことをした。ぼんやりとした意識でそう毒づいたものの、不思議と心は穏やか

106／3000

だった。もっと大人しくしていれば、もっと安らかな余生を送れたのにな。俺は残りの力を振り絞って顔を横に向け、母親に抱きしめられる女の子のおぼろげな姿を見つめる。そして二人の声を聞きながら、俺はゆっくりと目を閉じた。

0/3000

あなたの人生は何文字くらいですか？

目次

contents

彼氏がサバ缶になった

朝、目が覚めると隣で寝ていた彼氏がサバ缶になってた。コンビニとかでよく売ってるやつ。寝ぼけてんのかなと思って揺すって起こしたら、目が覚めた彼氏も自分がサバ缶になっていることに気がついて、やべぇ、やべぇって言ってパニクりだしたの。でも、パニックになったのは最初だけで、五分も経《た》ったらすんなりとサバ缶になったことを受け入れちゃってさ、時間が経てば治るだろうとかなんとか言って、二度寝をし始めたわけ。

私はそんな脳天気な態度が気に食わなくて、「来週、友達のマミに彼氏紹介するねって言ってるのに、どうすんの？　彼氏がサバ缶とか絶対に笑われちゃうじゃん」って言って詰め寄ったら、最初はいつもみたいに軽く受け流していた彼氏もだんだん不機嫌になっていって、「自分のことしか考えてねぇのかよ」って意味不明な逆ギレをされた。そのまま私とサバ缶になった彼氏との口論はヒートアップしていって、しまいにはニートで引きこもりの弟の悪口まで言われてぷっつんときちゃったの。カーッて頭に血が上っちゃって、ぶっ殺してやるって言って、彼氏を手に摑《つか》んで、そのまま床に叩《たた》きつけてやろうと思ったわけ。そしたら、彼氏が笑っちゃうくらいに情けない声で許してくれって泣き叫び始めてさ、愛してるとか、お前がいなきゃだめなんだとかって都合のいい言葉をまくし立てて命乞いしてきたの。そんな情けない姿を見てたら、さっきまでの怒りも静まっちゃって、サバ缶相手に大人気ないなって少しだけ反省して、今回だけだからねって許してやった。正直、そろそろ仕事に行かなくちゃいけない時間だったってのもあったし。

で、今朝から彼氏がサバ缶になるわ、喧嘩《けんか》しちゃうわで最悪な気分だから、仕事にも全然身が入らないわけ。職場の美容師仲間に彼氏がサバ缶になったんだよねって相談しても「マジウケる」としか言ってくれなかったし、シャンプーのときに力入れすぎてお客さんを怒らせちゃったり。まじありえない。でも、一つだけ良いこともあって、ツイッターでサバ缶になった彼氏のことをつぶやいたら、何人かがリツイートしてくれて、そのおかげでフォロワーが十人くらい増えた。ちょーハッピー。

でもさ、正直、彼氏がサバ缶ってよくよく考えたらありえないわけ。彼氏がサバ缶じゃ友達にも紹介できないし、一緒にディズニーランドにも行けないし、いちゃいちゃだってできない。気持ちが薄れてきたなーって最近思い始めていたこともあって、仕事帰りの電車の中でもう別れよっかなっていう考えが頭に思い浮かんだわけ。でも、そんなときに、ふとツイッターをいじっていたらさ、フォローしてる読者モデルの子が「辛《つら》いときに支え合うのが本物の愛なんだよ」っていうすっごい素敵な愛の名言をツイートしてたの。その言葉が自分が置かれた境遇と運命的に重なってて、すごいシンパシー感じちゃったわけ。確かに彼氏は嫌なところもあるし、何度も浮気されたりもしたけどさ、もともと好きあってた仲だし、彼氏も彼氏であんな態度取ってるけど、突然サバ缶になって不安もあるよねって考え直した。そういうときに支えてあげることが本当の愛じゃんって思ったわけ。

だから、彼氏の好きなビーフシチューでも作ってあげようって帰りにスーパーに寄って、ちょっぴり上機嫌で家に帰ったの。でも、ただいまって言っても彼氏の返事はなかった。なんだか悪い予感がして、女の直感で忍び足で寝室に向かったわけ。で、ベッドの掛け布団をバッとめくった下に、サバ缶になった彼氏と、その隣にぴったりとくっついた鰯《いわし》の缶詰を見つけたの。わけがわかんなくて一瞬固まったけど、すぐに「あ、またこいつ浮気したな」って理解した。その瞬間、さっき見た愛の名言はどっかに飛んでいって、もう絶対に許さないっていう考えで頭ん中いっぱいになったの。浮気相手の鰯の缶詰を窓から投げ捨てて、ぎゃーぎゃー叫ぶ彼氏を摑んで台所に行って、そのまま怒りに駆られるまま蓋《ふた》を開けて中身を取り出してやった。

ご飯炊いて、食卓に並べて、私は泣きながらさっきまで私の彼氏だったサバ缶を食べた。出会ったときのこととか、付き合いたての楽しかったときのこととかが走馬灯のように駆け巡って、悲しさのあまり私は泣いた。でも、一口サバを口に入れたら、数年ぶりに食べたこともあって、予想以上に美味《おい》しくてびっくりしちゃって、思わず「うまっ」って呟《つぶや》いちゃった。どんどんご飯が進んで、彼氏のことなんかどうでもよくなって、なんというかこう、技術の進歩とか企業努力に感動したわけ。自分でも正直、何を言いたいかなんてわかってないけど、でも、これだけは知っておいてほしい。

サバ缶、まじで神。

心の洗濯屋さん

ムーニ国という小さい小さい王国に、パニチャという女の子が住んでいました。パニチャはパパとママの三人で暮らしていて、パパとママは心の洗濯屋さんとして働いています。パニチャはまだ小さい女の子ですが、とても良い子なので、時々パパとママのお仕事をお手伝いしています。

心の洗濯屋さんには毎日、友達とケンカしちゃったり、大切な人と離れ離れになってすごく悲しい気持ちになった人達がやってきます。パニチャのママがお店番をやっていて、お客さんから汚れてしまった心を預かります。ママからその心を受け取ったパパとパニチャは、お店の奥にある洗い場でゴシゴシとお洗濯を行います。心の形は人それぞれで、まん丸な形をしたものもあれば、角があってゴツゴツしたものもあります。パニチャのパパはそんな色々な形をした心に合ったお洗濯をするので、パニチャはいつもすごいなあと感心します。

サイチクの豆とお庭に咲いているレニカスカの花をまぜて作った手作りの石けんを使い、三十分ほどかけて丁寧に丁寧に手で洗ってあげます。すると初めは元気のなかったお客さんの心も、まるで生まれたての心のようにきれいになっていくのです。きれいになった心をお店のベンチで待っているお客さんにお返しすると、どんよりとしていたお客さんの表情は晴れやかになり、それから元気いっぱいの声でありがとうとお礼を言って、軽やかな足取りで帰っていくのです。

辛《つら》くて辛くて泣きそうになっている人達が、前向きになれるようにお手伝いをしているんだよ。パニチャのパパはパニチャにいつもそう言っています。パニチャはパパとママ、そして心の洗濯屋さんというお仕事が大好きでした。パニチャの将来の夢は、パパのような立派な心の洗濯屋さんになって、たくさんの人の心を元気にすることです。今日も暗い表情をしたお客さんがやってきて、パニチャとパニチャのパパは汚れた心のお洗濯をします。元気になーれ、元気になーれと、パニチャとパニチャのパパはとても楽しそうにお仕事を行うのです。

そんなある日、ムーニ国の中央政府というところから、偉いお役人さんがパニチャのお店にやってきました。真っ黒なスーツを着ていて、見ているこっちの首が痛くなるほどに背の高い男の人でした。その人は左手に持った竹あみのカゴをテーブルに置き、これの洗濯をやってくれと言いました。パニチャのママがカゴをのぞくと、中には乱暴に入れられた四つ、五つの心が入っていました。それを見たパニチャのママは首をかしげました。なぜなら、いつもお店にやってくる人達の心とは違って、洗濯が必要なほどに汚れているようには見えなかったからです。ママはパパを呼んで、パパにも確認してもらいます。けれど、パパもママと同じように元気な心にしか見えませんでした。

「あのう、心の洗濯が必要なほど汚れているとは思えないんですが……」

「いいや、これは汚れきった心だよ。それも頑固にこびりついたひどい汚れ方をしている。だから、この石けんを使って洗ってくれないか？」

お役人さんはそう言うと、ポケットから白と黒のまだら模様をした石けんをとりだしました。パニチャのパパは不思議に思いながらも差し出された石けんを受け取り、洗濯を行うことにしました。竹カゴに入った心を洗い場に持っていき、受け取った石けんでゴシゴシ洗濯を始めました。パニチャはいつものように後ろからパパのお仕事をじっと観察します。いつも使っているものとは違い、その石けんは腐った卵のような臭いがしていて、泡の色もきれいな透明ではなく、黒の斑点がポツポツとできた灰色でした。それでもパパはいつものように丁寧に一つ一つ洗ってあげました。そして、洗い終わった心をお返しすると、お役人さんは満足げな表情を浮かべて喜びました。

「心の持ち主もきっと喜んでくれるにちがいない」

お役人さんはそう言うと、他のお客さんが払う何倍ものお金をおいて、帰っていきました。パニチャはお客さんが満足してくれたのでほっとしながらも、どこか心に引っ掛かるものを感じました。けれど、お役人さんと入れ替わりに、ご近所に住む若い先生が沈んだ表情でやってきたので、パニチャとパニチャのパパはいつものように自分のお仕事へと戻っていくのでした。

それからというもの、その背の高いお役人さんは頻繁にお店にやってくるようになりました。いつも、竹カゴにいくつもの心を入れて、これで洗ってくれとあの変な臭いのする石けんを持ってくるのです。パパは一度だけ、この心の持ち主は誰なのかと尋ねてみたことがあります。けれど、お役人さんは教えることができないとつっぱねるだけで何も教えてはくれません。それでもパパがしつこく尋ねると、仕舞いには声を荒らげ、激しい口調で怒鳴りつけてくるのです。お役人さんも大事なお客さんなので、パパとパニチャは一生懸命お洗濯を行います。けれど、パニチャはお役人さんが持ってきた心のお洗濯をしているときだけは、大好きなはずのお仕事が早く終わらないかなと思うようになるのでした。

そして、お役人さんが持ってきた心を洗っているとき、パニチャは見覚えのある形をした心が混ざっていることに気がつきました。小さな小さな頭を必死に回転させて、パニチャはそれがご近所に住む若い先生の心とそっくりだということを思い出しました。先生はいろんなことを知っていて、よく近所の了供達を家に招いて、遠い外国のお話をしてくれます。パニチャも何度も先生の家に行ったことがあります。他の子供達と同じように、そこで聞く先生のお話と先生が出してくれる外国の美味《おい》しいお菓子がとても大好きなのでした。お役人さんが持ってきた心があまりにも先生の心と似ていたので、学校がお休みの日、パニチャは思い切って先生の家を訪ねることにしました。

先生は笑顔でパニチャを出迎え、中に入りなさいと言ってくれました。パニチャは元気そうな先生の姿を見て、ほっとしましたが、先生の家の中に入ってみると、お部屋の中ががらりと変わってしまっていることに気がつきました。壁一面に貼られていた色んな外国の国旗やポスターは剥がされ、ムーニ国の国旗が隙間なく貼られていました。お日様のあたる窓際には、洋服棚の上に置かれていた外国の画家の風景画の代わりにムーニ国の王様の肖像画が飾られていました。

「知っているかい、パニチャ。この国にはね、他の外国よりもずっと優れた文化、技術、自然、色んな素晴らしいものがあるんだ。国民はみんな規律を重んじ、目上の人や家族を大事にする。これほど美しい国に生まれて私は幸せだし、みんな王様に感謝をしなければいけないと思うんだ」

それぞれの国に良いところと悪いところの両方があって、どれが素晴らしいかなんて決めることはできないんだよ。先生が口癖のように言っていた言葉とは正反対の言葉に、パニチャはとても驚きました。それから先生はテーブルに置いていた小旗を手に持ち、「王様万歳！　王様万歳！」と部屋中に響き渡る声で叫んだ後、ムーニ国の国歌を歌い出しました。カエルのように野太い声で意気揚々と喉を震わせ、感情が高ぶっているのか、時々嗚咽《おえつ》交じりに咳《せ》き込みます。

パニチャは変わり果てた先生の姿を見て、わけもわからず怖くなりました。パニチャは駆け足で自分の家へ帰り、パパとママに自分が見てきたことを泣きながら伝えました。パニチャのパパはパニチャの話を聞いたあと、さっと表情を曇らせました。それからじっと腕を組んで考え込んだあとで、すくっと立ち上がり、「確かめたいことがある」とだけ言って、そのまま家を出ていきました。何を確かめるのか、そしてどこに行くのか。パニチャはわかりませんでした。けれど、家を出ていってから、一日、二日が経《た》ってもパパは帰ってきませんでした。

そして、三日目の夜遅く、ようやくパニチャのパパは帰ってきました。家を出ていったときに着ていた服はボロボロに擦り切れ、顔は痣《あざ》だらけ。右目のまぶたは真っ赤に腫《は》れていて、うっすらと涙の跡が残っていました。そして何より、パニチャのパパは今までお店にやってきたどのお客さんよりもずっとずっと悲しい顔をしていました。パニチャはふとパパが両手に二つの紙袋を持っていることに気がつきました。ママに身体《からだ》を支えられながらパパが家の中に入ってくる間、パニチャは紙袋の中をこっそり覗《のぞ》いてみました。パニチャのパパが持って帰ってきた紙袋の中には、見たこともないくらいにたくさんのお金が詰められていたのです。

その日からというもの、パニチャとパパとママの生活は一変しました。パパはお仕事中に楽しげなお話をすることがなくなり、突然手を止めてうつろな目で部屋の隅っこを意味もなく見つめることが多くなりました。以前はやりすぎなほどに丁寧に行っていた仕事も少しずつ少しずつやっつけになっていき、パニチャがうっかりミスをしてしまったときには部屋全体に響くくらいに大きな舌打ちをするようになりました。仕事が終わったあとは、明かりの消えたキッチンの隅っこにうずくまり、ママとパニチャと話すこともなく、震えながらお酒を飲みます。夜中には突然奇声をあげながら飛び起き、聞き取れない言葉を発しながら手当たりしだいに椅子やテーブルを蹴飛ばします。そうかと思えば、突然、まるで生まれたばかりの赤ん坊のようにおいおいと泣き出したりするのです。「私は最低な人間だ。私は最低な人間だ」。パニチャのパパはそうぶつぶつつぶやきながら自分の髪の毛をぶちぶちと引きちぎり、部屋の壁にガンガンガンと頭をぶつけるのです。パニチャはパパの怒鳴り声とか泣き声とか、頭を壁にぶつける音で目を覚まします。そういうときは決まってパニチャはぎゅっと目をつぶり、羽毛のお布団にくるまって、もう一度眠りにつくのを待つことしかできません。おへその下あたりが針で刺されたように痛くなり、かけっこをしたあとみたいにバクバクバクバクと心臓の音が聞こえてきます。

変わってしまったのはパパだけではありません。最初はパパをしっかりと支えていたママも、一日一日と少しずつ顔がやつれていって、笑う日よりも笑わない日のほうが多くなっていきました。ママは家を空けることが多くなり、国の真ん中にあるブランド物のバッグや靴が置いてあるデパートにお出かけするようになりました。背の高いお役人さんは相変わらずお店にやってきて、お仕事の料金としてたくさんのお金を置いていきます。そのため、お金だけはたくさんありました。いつしかママは値段も見ずにたくさんの要らないものや使わないものを買い、それからすぐに捨ててしまうようになりました。部屋の中を外国製の高い家具で埋め尽くしては、一ヶ月でまたそれらを捨てて、また別の高い家具に入れ替える。それの繰り返しです。家にはデパートの社員さんがママに新しい商品を紹介するために頻繁に訪れるようになりました。

ママは彼らが勧めるままに商品を買います。以前のママは倹約家でしたし、そうしなくちゃ駄目だよとパニチャは教わっていました。けれど、パニチャはそんなママに対して何も言えませんでした。買い物をしているときだけ、ママは子供のように目をキラキラと輝かせ、とてもとても楽しそうだったからです。

パニチャは前よりもずっとずっと可愛《かわい》いお洋服を着ることができて、とってもとっても美味しいご飯をたくさん食べられるようになりました。けれど、パニチャはちっとも幸せではありませんでした。むしろ悲しい気持ちで毎日を過ごしていました。

パニチャはパパとママと遊ぶことはなくなり、気がつけばたくさんいた友達もなぜか一人また一人とパニチャとは一緒に遊んでくれなくなりました。パニチャは独りぼっちでいることが多くなりました。一人でいる時間のほとんどを、パニチャは昔の楽しかった日のことを思い出して過ごします。思い出の中のパパとママは春のお日様のように穏やかな笑みを浮かべていて、パニチャと一緒に今日あったことをお話ししたり、お庭でお花のお手入れをしています。けれど、思い出の中が楽しければ楽しいほど、ハッと現実に戻ったときに、どうしようもないほどの寂しさを感じてしまいます。そういうとき、パニチャは自分の右足の指と指との間を、人差し指の爪で気が済むまでひっかきます。皮がめくれても、ほんのりと赤い血が滲《にじ》み出しても、爪の先が柔らかい肌を突き破っても、寂しくて寂しくてたまらないときには、パニチャはひっかくことを止《や》めません。透明に近いピンク色だった人差し指の爪はうっすらと青黒くなり、爪と指の間にはいつも乾いた血が詰まっているようになりました。もちろん、治りかけのかさぶたと血でぐちょぐちょになった場所を爪でひっかき続けるのはとても痛いことです。それでも、パニチャは止めません。痛いという気持ちで頭がいっぱいになっている間は、悲しい気持ちを感じずに済むからでした。

そして、風にほんのりと杏《あんず》の香りが漂うようなある日のことでした。パニチャがいつものようにお部屋の中で目を閉じ、楽しかった日のことを思い出していると、突然部屋の扉が開き、パニチャのパパが入ってきました。パパは虚《うつ》ろな顔を上げるパニチャにそっと近づき、その小さな小さな身体をぎゅっと抱きしめました。

「ごめんよ、パニチャ。今まで辛い思いをさせてしまって。でも、もう大丈夫だよ。パパが全部間違っていたんだ」

パニチャのパパが身体を離し、パニチャの目をじっと覗き込みます。パニチャはまだ思い出の中にいるのだと勘違いしてしまいました。なぜなら、パニチャのパパは思い出の中と同じように、澄んだ秋空のような優しい笑みを浮かべていたからです。

「今までなんで気がつかなかったんだろう！　私の洗濯屋というお仕事が、この美しきムーニ国とムーニ王を支える素晴らしいものだということを！」

パニチャのパパが目を輝かせながら、子供のように叫びました。それからもう一度パニチャの身体を抱きしめ、「さあ、そんな悲しい気持ちとも今日でおさらばだよ。お客さんからいつももらっている石けんが残っているんだ。パパがパニチャの心をきれいに洗ってあげるからね」とささやきました。パニチャはこっくりと首を縦に振り、パパに言われるがまま、自分の心をパパに差し出しました。正直パニチャはパパの言うことがよくわかりませんでした。けれど、あの頃のように戻ることができるなら、パニチャはきっと大事な大事な宝物だって喜んで渡したことでしょう。

凍《い》てつくような冬がすぎれば、陽気な春がやってくるように、パニチャの毎日は少しずつ明るく楽しいものになっていきました。パパとママは少しだけ口うるさくなりましたが、昔のように優しい性格に戻りました。パパは一層お仕事を頑張るようになり、頻繁にくるお役人さんもとても褒めてくれます。昔のお友達とはまだまだ仲直りはできていませんが、ご近所に住む先生や、先生のもとに集まる他の子供達と仲良くなることができました。日曜日には先生の家にみんなで集まって、ムーニ国の昔話を聞き、それからみんなで国歌を大声で歌うのです。パニチャは一番上手に国歌が歌えるので、先生も他の子達もみんな褒めてくれます。パニチャはそのことをとても誇らしく思っています。

パニチャの毎日は以前のように明るく楽しいものになりました。パニチャの夢も変わっていません。パニチャの将来の夢は、パパのような立派な心の洗濯屋さんになって、たくさんの人の心をきれいにすることです。パニチャは今日も元気にパパのお仕事をお手伝いします。白と黒の石けんの臭いにはまだまだなれませんが、それでもパニチャは楽しそうにお洗濯を行います。きれいになーれ、きれいになーれと、耳を澄ませば今日も、お店の奥からパニチャとパニチャのパパの楽しそうな声が聞こえてきます。

焼き殺せよ、恋心

少女は恋の病に蝕《むしば》まれていた。部活の一年先輩。少女は彼にどうしようもなく恋をしていた。

瞳を閉じれば、彼の精悍《せいかん》な横顔が目蓋《まぶた》の裏に浮かび、耳を両手で塞《ふさ》げば、彼が自分の名前を呼ぶ声が頭の中で再生される。食欲は減退し、体重も落ちた。ふと気が付けば想《おも》い人のことが頭をよぎり、本業である学問への集中力はめっきりなくなった。

しかし、少女の恋が成就する可能性は低かった。彼には少女以上に素敵な恋人がいた。その恋人は少女よりも整った顔立ちで、長く艶やかな髪をしている。鈴を鳴らしたような品の良い笑い声で周りを和ませ、誰に対しても優しかった。お似合いのカップル。二人が仲睦《なかむつ》まじく並んで歩く光景を見た人は誰しもそのように思うのだった。

少女は鏡を通して自分の顔を見つめ、ため息をつく。重たい一重目蓋に、右ほほだけにできたそばかす。部活動で褐色に焼けた肌に、人並み以上に太い眉毛。丸い鼻先に、薄い唇。日頃念入りに手入れをしている髪の毛も、手に取ってよくよく観察してみると、枝毛がどうしても目についてしまう。自分が彼にふさわしい女性であるかと尋ねられれば、一瞬の間も置かずに、違うと答えるだろう。彼女は悔しさと惨めさのあまり下唇を噛《か》む。そして、他人と比べて卑屈になってしまう自分に気が付き、さらに自己嫌悪を深めてしまうのだった。

しかし、恋心は少女の事情などお構いなしだった。たとえ叶《かな》わぬ恋だろうと、そんなものは何の関係もない。好きな時に好きなだけ騒ぎ、少女の胸を内側から強く殴打する。少女はじっと胸の痛みに耐え、いつか、恋心が暴れまわることに飽き、寝ている間にでも体内から出ていってくれることを願い続けた。それでも、少女の願いとは裏腹に、恋心はいつまでも少女の胸に居座り続けた。想い人のかすかな残り香と思い出を糧にして、恋心は金持ちの家の猫のように太っていく。少女の痛みはどんどん大きくなり、次第に耐え切れないものになっていった。そこで、少女は決意した。胸に巣くう恋心を焼き殺すことを。

家族が寝静まった夜更け。少女は父親のライターで、油をしみこませた綿に火をつけた。綿が炎で包まれたことを確認すると、少女は何のためらいもなくそれを飲み込む。身体《からだ》が冷え、火の勢いが弱まらないよう、少女は厚手の毛布で身体を包み、体育座りの恰好《かっこう》でじっと目をつむり、身体の中で恋心が燃え尽きていくのを待った。少女は時々咳《せ》き込み、そのたびに黒い炭のかけらが口から飛び散った。

少女は瞳を閉じ、炎の熱にじっと耐え続けた。そして、その間、彼女の頭に様々な考えや思い出が過ぎては去っていく。先輩が部活の休憩中、自分のもとに駆け寄ってきて、たわいもないおしゃべりをしてくれたこと。遠くから友達とふざけあい、仲睦まじくはしゃいでいる先輩の様子を視界の隅で観察したこと。部活の指導で、先輩の手が私の手をつかんだ時のぬくもり。思い出がよぎるたびに少女の目から涙がこぼれる。涙は身体を冷やしてしまうとわかっていても、少女はそれを止めることができなかった。

ずっと泣き続けていたからか、少女はいつの間にか眠ってしまっていた。ふと目が覚めると、カーテンの隙間から朝の陽《ひ》ざしが部屋に差し込んでいるのに気が付く。少女は自分の胸に手を当てる。胸のあたりの熱はとっくになくなっていた。

これでもう私の恋も終わったのだ。そう思うと同時に、切なさともどかしさで枯れ切ったはずの涙がこみ上げ、少女を慰めるようにほほをなでながらしたたり落ちる。内側から炎で焼かれたせいか胸焼けがする。少女は先輩の顔を思い浮かべた。思い出の中の先輩は私の方を振り返り、優しく微笑《ほほえ》みかけてくれた。

しかし、その時、少女の頭に疑問が浮かんだ。すでに恋心を焼き殺したはずなのに、どうして涙が流れるんだろうと。

少女はそこでふと、足首に突き刺すような痛みを感じた。部屋の明かりをつけ、スウェットのズボンをまくり上げて自分の右足を確認した。すると、ちょうど足首とくるぶしの間、そこに胸に住み着いていたはずの恋心がひょっこりと顔をのぞかせていた。

焼き殺したはずの恋心は、少女が眠っている隙をつき、炎で包まれた胸から少女の右足のくるぶしへと避難していた。もう一度、今度はじっくりと燻《いぶ》って焼き殺そうか。少女はそう考えながら、そっと足首を右手でなぞる。恋心に触れると、胸に住み着いていた時ほどではないが、するどく針で突き刺すような痛みがした。しかし、それは耐え切れないほどの痛みではなかった。いや、むしろ自分の存在を確信させてくれるような痛みだった。

もう少しだけ。

もう少しだけ、このまま放っておこうか。叶わぬ恋であるとしても、少女はその痛みさえどこか愛《いと》しく感じ始めていた。少女は立ち上がり、ベージュ色のカーテンを思いっきり開いた。空は晴れ渡り、刷毛《はけ》ではいたような雲が所々に浮かんでいた。それは少女にとって、いつもと変わらない当たり前の風景だった。ただ一つ、少女のくるぶしの痛みだけが、何か新しい変化を示唆していた。

私は漢字が書けない

2013年7月23日

小学一年生の林《はやし》まい子《こ》です。この日はわたしのたん生日で七さいになりました。だから、おねえちゃんがかん字ドリルとこのノートをくれました。かん字ドリルというのは、わたしが小学校でべんきょうするかん字をれんしゅうするための本です。おねえちゃんはこの本をくれたときに、まい日かん字ドリルをやって、ノートにべんきょうしたかん字をつかって文しょうをかくといいよ、そしたらおねえちゃんみたいにたくさんかん字をかけるようになるよ、っていいました。だから、わたしはかん字ドリルでべんきょうしたかん字をつかって、これをかいています。この文しょうはわたしのノートの一ページ目です。

はじめはわたしの大すきなおねえちゃんについてかこうとおもいます。おねえちゃんは中学生で、わたしより六さい上です。おねえちゃんはやさしくて、わたしのしらないことをたくさんしってます。おねえちゃんにあれはなに？　ときくと、おねえちゃんはいつもそれについておしえてくれます。雨の日は本をよんでくれます。わたしはそんなおねえちゃんがすきで、わたしもおねえちゃんみたいになりたいとおもっています。

おねえちゃんは、小学校ではたくさんのことをべんきょうできて、いろんなことをしることができるとおしえてくれました。わたしはおねえちゃんみたいにものしりではないし、まだ上手にかん字がかけません。だから、たくさんべんきょうして、たくさんかん字をれんしゅうして、おねえちゃんみたいになれるのが、わたしはとてもたのしみです。おわり。

2014年11月22日

今日は生まれてはじめてディズニーランドに行きました。パパとママと土曜日の朝早くから出かけて、へとへとになるまであそびました。とても楽しかった。

夜になってから家《いえ》に帰りました。わたしがへやにいると、お姉ちゃんがへやに入ってきて、どこに行ってきたの？　と聞いてきました。わたしはパパとママとディズニーランドに行ってきて、たくさんあそんできたと言いました。それから、ミッキーとしゃしんをとったこととか、かわいいふでばこを買ってもらったことをお姉ちゃんに教えてあげました。つぎはいっしょに行こうねと言うと、お姉ちゃんはそうだねと言いました。お姉ちゃんといっしょにディズニーランドに行ったら、二人でミッキーとしゃしんをとりたいです。お姉ちゃんはまだディズニーランドに行ったことがないと言っていたので、わたしがお姉ちゃんにミッキーをしょうかいしてあげようと思います。

2015年10月2日

今日は『ぴあにっしも』というケーキ屋さんのショートケーキをお母さんが買ってきてくれました。このケーキはこの前まみちゃんの家で食べたもので、それがすっごくおいしかったから、また食べたいと言ったら、お母さんが買ってきてくれたのです。すっごくうれしかった！　箱を開けると、中にはショートケーキが二つ入ってました。わたしはお姉ちゃんの分だろうと思って、お姉ちゃんをよびに行こうとすると、お母さんはそれを止めて、二人で食べようと言いました。

どうしてとわたしが聞くと、お母さんはお姉ちゃんはあまいものがすきじゃないからと言いました。お母さんはうそをつく時、自分の右耳をさわります。そして、さっきのセリフを言った時、お母さんは右耳をさわったので、わたしはお母さんがうそをついているのが分かりました。だけど、わたしは何も気がつかなかったふりをして、そうなんだと言いました。ケーキを食べたいと言ったのはわたしだし、ケーキは二つしかなかったので、もしお姉ちゃんが入ると、わたしの分が少なくなっちゃうかもしれなかったからです。ケーキはとてもおいしかったです。

2016年5月1日

今日は特に書くこともないので、家族のことについて書こうと思う。というのも、最近お姉ちゃんと遊んでないなと思ったから。お姉ちゃんは相変わらずやさしいし、お願いしたらいつだって勉強を教えてくれる。でも、わたしがお姉ちゃんとリビングで話したり、お姉ちゃんの話をすると、お母さんとお父さんは少しだけいやな顔をする。今までのわたしはそのことに気がついていなかったけど、一度それに気がつくと、なんだかとても気まずくなって、今ではあまり、リビングでお姉ちゃんと話したり、お母さんとお父さんの前でお姉ちゃんの話をすることがなくなっちゃった。

お姉ちゃんのことが好きなことに変わりはないけど、やっぱりお母さんとお父さんのことも好きで、なんだかうまく言えないけどすごくいやな感じ。お姉ちゃんがわたしに話しかけてきても、近くにお母さんかお父さんがいると、うまくおしゃべりできない。多分、ずっと前からお父さんとお母さんはそんな感じだったんだろうけど、昔のわたしはそれに気がついていなかったから、すごく楽しくおしゃべりできていたんだと思う。さびしいな。

お姉ちゃんは昔よく、色んなことを知ったりすることは楽しいことなんだよと言っていたけど、そんなことはないのかも。少なくとも、お姉ちゃんとのおしゃべりは、前の方がずっとずっと楽しかったから。何も知らないまま、何も気がつかないままだったら、わたしは前みたいにお姉ちゃんと楽しくおしゃべりできたんだと思う。

学校でお勉強をして色んなことを知ったり、お姉ちゃんからもらった漢字ドリルで色んな漢字を書けるようになるのは楽しい。だけど、知らなかったことを知ってしまったせいで、こんなメンドーな気持ちになっちゃうなら、何かを知ることが少しだけこわくなっちゃうなぁ。

2018年1月19日

わたしは最低だ。最低の人間だ。大好きな大好きなお姉ちゃんにとてもひどいことを言ってしまった。

お姉ちゃんがいないときに勝手にお姉ちゃんの木だなからマンガを借りてるのを見つかって、借りるときはきちんと言ってと注意されたのに少しだけむっとして、とっさに言い返してしまった。それがきっかけで、口げんかになって、でも、わたしなんかじゃ当然お姉ちゃんに勝てるわけがなくて、とうとう何も言い返せなくなって、だからわたしは苦しまぎれに「養子のくせに！」と言ってしまった。

この言葉がどういう意味かなんてよく知らなかったし、たまにお母さんとお父さんがお姉ちゃんに言ってた言葉をそのまま使っただけ。でも、わたしがその言葉を言うと、お姉ちゃんは人形みたいに固まってしまった。わたしはしまったと思ったけれど、ごめんねっていう言葉が出てこなくて、ただただお姉ちゃんの今にも泣きそうな表情を見つめることしかできなかった。それからお姉ちゃんは何も言わないままそっと部屋を出ていってしまった。お姉ちゃんを追いかけて、わたしの方こそごめんねって言うべきだったのに、わたしは何もできなかった。

こうして日記を書いている今も泣いちゃいそうになる。お姉ちゃんのことは大好きなのに、ただ一言貸してって言ってたら良かった話だったのに、なんでお姉ちゃんにあんな言葉を言っちゃったんだろう。ごめんねって言ったら許してくれるかな？　もうお姉ちゃんはわたしのことがきらいになっちゃったかな？　もしそうなら、もうお姉ちゃんとおしゃべりしたり、昔みたいに仲良く遊んだりできないのかな？　そんなのいやだよ。ごめんね、お姉ちゃん。

2019年3月9日
今日、一年ぶりくらいにお姉ちゃんときちんとおしゃべりをすることができた。
お父さんとお母さんは友達の結こん式で家を空けていて、私とお姉ちゃんはたまたま外に出かける用事がなくて、リビングには私とお姉ちゃんの二人だけしかいなかった。お姉ちゃんがそろそろ卒業だねって言ってくれて、私はそうだねって答えた。本当は久しぶりに二人っきりになれたのがうれしかったのに、だけどそれと同じくらい胸が苦しかった。それでも私は気持ちを落ち着かせて、ぎゅっと手をにぎって、「あの時、ひどいことを言ってごめんね」ってお姉ちゃんに言った。
お姉ちゃんが「何のこと?」って聞き返してきたから、一年前の口論で、思わず「養子のくせに」って言ってしまったことだって答えた。お姉ちゃんは気にしなくていいよって笑ってくれた。お姉ちゃんがそう言って許してくれたから、私はうれしい気持ちとごめんねって気持ちでわけがわかんなくなって、思わず泣いてしまった。あの時の私はまだ養子という言葉の意味をよく知らなくて、ただ単にお姉ちゃんが私とお父さん、お母さんと血がつながっていないということをぼんやりと知っているくらいで、そのことにどんな意味があるのかなんて、そのせいでお姉ちゃんがどれだけつらいことを経験してきたかなんて、私は考えようともしなかった。私が泣きながらごめんね、ごめんねって何回も言うと、お姉ちゃんは何も言わずにポンポンと私の頭をなでてくれた。

もし私が小学一年生の時のまま、何も知らなくて、何も気が付かなくて、漢字も全然書けないような子どものままだったら、お姉ちゃんともずっとずっと仲良くできたのかもしれない。だけど、私が考えていたことを伝えると、お姉ちゃんはこう答えてくれた。

「確かに何も知らないままだったらずっと仲良くいられたかもしれないけど、こうして向かい合って、おたがいの目を見て、どういうことを考えたり、感じたりしているかを伝え合うことはできなかったと思うよ」

仲良くいることよりもそれは大事なことなの？　と私が聞くと、「これから色んなことを知って、色んなことをゆっくり考えればいいと思うよ」と、お姉ちゃんはほほえみながら言ってくれた。

それから私はお姉ちゃんと色んなお話をした。私がお姉ちゃんにもらった漢字ドリルをずっと続けていたことを言うと、お姉ちゃんは「すごいね」って言ってほめてくれた。ちなみにこの漢字ドリルには小学校で勉強する千字ちょっとの漢字がのっている。でも、中学校ではさらに約千字の新しい漢字を教わって、さらに漢和辞典には五万字も漢字がのっているらしい。そう考えると、私が書けるのはまだこの世にある二%ちょっとの漢字だけ。だから、まだまだ私は漢字が書けないということになる。

もちろん漢字だけじゃない。私が知らないことはまだまだたくさんあって、その中には、知らなきゃよかったと思っちゃうようなこともあるかもしれない。知らなくてもいいことを知ることは確かにこわい。だけどお姉ちゃんは、それでも何かを知るということは楽しいことだよと言っていた。お姉ちゃんの言うことは私にはまだまだ難しいし、それが本当に正しいのかな？　とも思ってる。

だから、またお姉ちゃんとたくさんお話をして、自分の考えていることを伝えて、お姉ちゃんの考えていることを聞いて、それから自分なりの答えを見つけていきたいと思う。いつになく長くなっちゃった。考えることはたくさんあるけど、今日はここまで。終わり。

笑う橋

家の近所に不思議な橋がある。

小川の上に架かった木造の古い橋で、川面《かわも》からの高さもそれほどない。歩くと所々がきしみ、どうして架け替えられずにそのまま残っているのだろうと渡るたびに不思議に思う。そして、その橋はしゃべる。正確に言うと、笑うことができる。カップルが橋を渡るとき、橋が笑い声をあげることがある。笑い声と言っても、さまざまなバリエーションがあって、嬉《うれ》しそうに笑うときもあれば、二人を羨《うらや》ましがるような笑い声をあげるときもある。しかし、一番多いのは、人を馬鹿にしたような笑い声だった。

特に、不細工な男、ブスな女が橋を渡っているときの嘲笑《ちょうしょう》はすさまじかった。その人物が渡る前から、押し殺したようなすすり笑いを始め、橋の真ん中あたりに来たときには、もうがまんならないと一気に笑いを噴き出す。その笑い声は、笑われる側をこれでもかと辱め、羞恥《しゅうち》の底へと叩《たた》き落とすような笑い声だった。

私自身も幾度となく、男の人と橋を渡っているときにその笑い声の被害に遭った。それを聞くたびに、私の身体《からだ》は火照《ほて》り、耳は真っ赤になる。そして、あまりの恥ずかしさから、ついつい隣にいる男を橋の下に突き落としてしまう。

突き落とされた男の大半は、小川の水でびしょ濡《ぬ》れになりながら、一体何が起きたのかわからずに、取り繕うような人の良い笑みを向けてくる。そのいたいけな微笑《ほほえ》みを見るたび、私は少しだけ罪悪感で心が痛んだ。しかし、彼らには申し訳ないけど、やっぱり橋ごときに馬鹿にされるなんて、私のプライドが許さない。そして、そんな笑われるような男と一緒にいることも自分の価値を貶《おとし》めるような気がして嫌なのだ。

それに、橋が結構人を見る目があるということも腹立たしい。不細工な男は一発アウト。人間とは思えない容姿の人物にいたっては、橋から数メートル離れた場所から早くも笑い声が聞こえ始める。その一方で、フツメンや、めったにないことだけれど、そこそこのイケメンと橋を渡ったときにも同じような嘲笑が聞こえてくることがあった。もちろんそういう場合でも、私は不思議だなと思いつつも、その男の人を橋の下へと突き落とす。しかし、後々になって、人の話を聞いたり、その人の行動を冷静に見返してみると、大体ろくでなしやけち臭いやつで、絶対に友達には紹介できないような輩《やから》だったりする。そのたびに、私は付き合わなくてよかったと胸を撫《な》で下ろすとともに、橋の正しさが証明されたような気がして複雑な気持ちになった。

自慢じゃないけれど、私は人並み以上のスペックで、数多くの男性から言い寄られる。裕福な両親に育てられ、幼いころからバイオリンを習っていたし、大学時代はミスコンで二位に圧倒的差をつけての優勝を飾った。男の人をたてることだってできるし、男の人のつまらない話にも目を輝かせて相槌《あいづち》をうつことができる。バカ騒ぎに興じるだけのノリの良さもあったし、二人きりのときには、不意に儚《はかな》げな雰囲気を醸し出して甘えることだってできる。

そういうわけで、多くの男性が私に夢中になる。その中から、自分の判断で良いなと思った人を選べばいいだけの話かもしれないが、やはりその人が周りの人間からどのように思われているかは重要だ。何せ、付き合っている彼氏の評価は、私の評価にも関係するのだから。重要なのは愛じゃない。人からどれだけ羨《うらや》ましがられるか、それが一番重要なのだ。

だから、私は少しでもいいなと思った人は、一人残らずその橋に連れて行った。そして、何人もの男が橋の下に突き落とされ、びしょ濡れになった。デートに誘われ、食事をして、橋を渡り、橋が笑う。私は毎回恥ずかしさで耳を真っ赤にし、隣にいる男を橋から突き落とす。この繰り返し。

噂《うわさ》を聞いたのか、予《あらかじ》め濡れてもいい服を着てデートに来る男もいた。そういう男は、遠慮なく突き落とすことができた。橋の上を渡るとき、妙に警戒する男もいた。そういうやつは、酔っぱらったふりをして寄りかかり、相手が油断したところで突き落とした。ちょっとやそっとではびくともしなそうなガタイのいい男もいた。そういうときは、数メートル助走をつけ、身体全体を使って突き落とした。

何人もの男がそうやって橋から突き落とされた。そして、橋の笑い声に判断を任せるようになってから、ちょうど三十人目。私は今まで付き合った誰よりもハイスペックな男性に巡り合った。時代にマッチした爽やかイケメンで、運動神経抜群。某有名大学出身で、大企業に勤務。趣味はアウトドアで、友達多数。実家は金持ちで次男坊。友達からの評価はこれまで聞いたことがないくらいに抜群だった。

そんな彼に口説かれ、さっそく私たちはデートに行った。彼はデートの運び方もそつがなく、食事も、乗ってきた車も、全部が全部完璧だった。車に乗せるときもわざわざ運転席から降りてくれたし、連れて行ってくれた店も、最初のデートにふさわしい気取りすぎていないエスニックレストランだったし、ドライブコースもきちんと風景に飽きが来ないように綿密に計算されていた。

お返しに私も彼に負けない完璧な振る舞いを見せつけてあげた。食事のときには洗練されたマナーを披露してやったし、彼の自慢話にも根気強く耳を傾けた。支払いのときも財布を鞄《かばん》から出す振りをしたたし、食事代を払ってもらったときはきちんと店員さんの前でお礼を言った。時々、彼を持ち上げる褒め言葉を言ってあげたし、彼の庇《ひ》護《ご》欲を誘うように、自分の弱さをちらつかせた。

それは完璧と言っていいデートだった。私と彼は互いに陶酔しきっていた。そして、すっかり暗くなり、デートが終わりに近づいたとき、私は、家の近くまで送ってくれた彼に散歩を持ちかけた。彼は自分もまさに同じことを考えていたよと気障《きざ》に笑い、一緒に車を降りた。そして、彼の方からあっちへ行ってみようと誘ってくる。それは、あの笑う橋がある方向だった。

まさに好都合だった。彼と一緒に軽い会話のキャッチボールを交わしながら夜道を歩いて行く。夜空には満月が煌々《こうこう》と照り、辺りは静寂に包まれていた。私たちみたいな完璧なカップルにうってつけの雰囲気だった。そして、私たちは橋の近くにたどり着く。あの橋を渡ろうと彼が私の耳元でささやく。私は頷《うなず》き、彼と歩調を合わせてその橋を渡り始める。橋は夜の静けさと同じように沈黙を貫いていた。

やっぱり。これが正解なのね。私は彼に寄りかかりながらそうつぶやいた。

しかし、私が安堵《あんど》したその瞬間だった。橋は今までずっと抑えつけていた感情を爆発させるように、ドッと大きな笑い声をあげ始めた。

静寂を突き破り、人の羞恥心を煽《あお》るあの笑い声が辺りに響き渡る。近くを歩いていた通行人が興味深そうに橋の上にいる私たちを見つめてくる。近くのマンションの住民が、今度はどんなカップルがやってきたのかと窓から顔をのぞかせる。あまりの恥ずかしさに耳が真っ赤になる。ちらりと彼の方を見ると、彼の耳もまたリンゴのように真っ赤になっていた。彼が私の視線に気付き、こちらに振り向いた。私たちは羞恥で耳を真っ赤にしたまま見つめ合い、優しい微笑みを浮かべた。

そして、それから。私たちは己のプライドを懸けた、橋からの落とし合いを始めるのだった。

世界がそれを望んでいる

久しぶりに料理でもしようと台所に立ち、包丁を取り出すと、刃先が赤く鮮やかな液体でべっとりと濡《ぬ》れていた。私はぎょっとして、思わず包丁を落っことしそうになる。改めてじっくりと確認してみるとそれは血だった。もちろん、ここ最近包丁で何かをさばいたこともなかったし、誰かが私のあずかり知らぬ所でこの包丁を取り出し、肉か魚をさばいたとも考えられなかった。金目の物など何もないみすぼらしいオンボロアパートの狭いワンルームに、誰が好き好んで侵入するだろうか。侵入するとしても、私の部屋よりもずっときれいで清潔な部屋を選ぶだろうに。

それではこの血の正体は一体何なのか。ただ、いくら考えても答えが出るはずもなかった。あまりの不気味さにすっかり食欲がなくなってしまい、私は血のついた包丁をそのまま台所に放置し、居間に戻って座椅子へと腰かけた。しかし。座卓の下に足を伸ばしたそのとき、床の一部分がほんのりと湿っていることに気が付く。座卓を持ち上げ、その部分を確かめてみると、半畳ほどのスペースに真っ赤な血痕が染み付いている。私は思わず声を出して驚いた。なぜこんなところに血の跡が？　しかも、量からして鼻血どころの話ではない。それはパッと見ただけでも、人が一人死んでいてもおかしくないほどの量だった。

包丁についた血。そして、床に染み付いた大量の血。わけがわからない。私が誰かをこの部屋で殺したのか？　いや、殺したいほど憎たらしい人間は山ほどいるが、それを実行するほどの度胸は私にはない。この量からして人間の血である可能性が高いが、そうだとしたらこれは一体誰の血なのか。私には友達も恋人も家族もいないし、この部屋に越してきてから誰もこの家に入れたことはない。この家に入ったことがあるのは、私以外の誰もいない。そうなると、この血の持ち主は……。

「私？」

慌てて半裸になり、洗面台の鏡で自分の身体《からだ》を確認する。しかし、仕事でできたあざがあちこちにあるだけで、出血をうかがわせるような傷跡は一つもない。しかし、考えてみればそれは当然だった。仮にあの血が私の血だとしたら、こうして二本足で立つことすらできていないはず。

一体、あの血はなんなのだろう。鏡に映った自分にそう問いかける。しかし、もちろん、鏡の中の私が答えを教えてくれるはずもない。

わけがわからず途方にくれていたその瞬間、座卓の上に置かれていた携帯の着信音が鳴る。私は慌てて、居間に戻り、携帯を手に取る。金融機関からの支払いの催促かと思ったが、それは全く知らない番号からだった。さっといたずら電話かセールスの電話だろう。しかし、相手が何であろうと誰かと言葉を交わし、気を紛らわせたい気分でもあった。私はためらうことなく通話ボタンを押す。

「もしもし、私、生き生き健康葬儀社の中貝《なかがい》と申します。こちら緑川《みどりかわ》様の携帯でお間違いないでしょうか？」

男の陽気な声が聞こえてきた。私は「はあ」と気の抜けた返事をする。なぜ葬儀社から電話がかかってくるのか。全く心当たりがない。

「ええと……どういったご用件で？」

「はい。一週間後に予約されているご葬儀の件で連絡させていただきました。もちろん、連絡といっても、プランの内容についての確認ですけどね。では、早速プラン内容をご説明……」

「ちょ、ちょっと待ってください！　私は葬式の依頼なんてしてませんよ！」

電話越しに男の戸惑う声が聞こえてくる。そして、次に男がパラパラと手元の資料か何かをめくる音がした。

「えーと、こちらではきちんと承っているんですがね……」

「何かの間違いですよ。それに一体、誰の葬式なんですか」

「誰って……緑川様ご本人のご葬儀ですよ」

私は男の言葉の意味が理解できなかった。なぜなら、私はまだこうして生きていて、電話越しに葬儀屋と話しているのだから。

「そんな失礼なことをよく言えますね。私はまだ生きているというのに」

「それはそうですよ。まだ緑川様はご存命です。そうでなければ、すぐにでも葬儀をあげなければならなくなりますから」

「全く意味がわかりません」

「えーと、つまりですね。緑川様が一週間後にお亡くなりになる予定なので、そのための葬儀を前もって準備しているということです」

男の口調は淡々としたもので、まるで自分の言っていることが寸分たがわず事実であると確信しているかのようだった。しかし、その瞬間、この男は私をおちょくっているのだと気が付いた。それと同時に、よくもまあこんな嘘がつけるものだと感心した。なかなかユーモアが利いていて面白いじゃないか。私はもう少し男の悪ふざけに付き合ってやろうと思った。

「ああ、そうなんですか。ちなみになんですけど、私は一週間後にどういった死因で死ぬんですか?」

再びパラパラと資料をめくる音がする。

「自分の部屋で自殺ですね。来週のちょうど午後七時に、包丁をぐさっと自分の腹に突き刺してお亡くなりになるようです」

何が自殺だ。病気や他殺ならまだ気味の悪い占いで説明が付くが、私が自殺などするわけがないだろう。それに自殺するとしても、いつ死ぬかなんて私の気持ち次第じゃないか。

「で、喪主は誰が?」

「緑川様の遠い親戚にあたる、前川《まえかわ》勤《つとむ》様ですね」

私はその名前を聞いて、少しだけぞっとした。なぜなら前川勤は男の言う通り、私の遠い親戚だったからだ。もちろん、今のような生活になってからは何年も連絡を取ってはいないが、今の私が死んだ場合に真っ先に連絡がいく人間であることには間違いなかった。いたずらにしては妙に手が込んでるな、と私は少しだけ不安に駆られる。

「で、プラン内容ですがね。緑川様は自殺ということで、早期予約割引に加えて、自殺者割引が適用されますので、価格としては破格の一万円でのご提供になります。最近は他社との競合が激しくてですね、こういったユニークなキャンペーンを張らないとなかなか顧客を獲得できないんです。特にうちみたいな中小ではですね。正直こちらとしても、かなり無理をした料金設定でしてね。これ以上の割引はどうしても無理なので、値引き等はご勘弁くださいよ」

男が卑屈そうに笑う。

「キャンセルはできるんでしょうね？」

早く電話を切りたい私は何気なしにその質問をぶつけてみた。しかし、その瞬間、男の声色が一変し、急にあたふたし始めた。

「そんなこと言わないでください！　もう会場やお坊さんの手配まで完了してしまっているんです！　今さらキャンセルだなんて無理言わないでください！　この契約は私がなんとかもぎ取ったものなんです。もしご破算となってしまえば、上司から何を言われるか……。私は最近セントバーナードっていう大型犬をローンで買ったばかりなんです！　ローンの支払いもですし、犬の餌代のためにお金が必要なんです！　お願いですからキャンセルだなんて冗談でも言わないでください！」

「そんなの知ったことか！」

私は怒りのままに相手を怒鳴りつけ、電話を切った。すぐさま同じ番号からの着信音が鳴ったが、もちろん無視した。しかし、男の哀願するような声が急に思い出され、怒鳴るまではなかったなと少しだけ反省した。しかし、男の言っていたことは、あたかも私に必ず死んでくれとお願いしているのと同じだ。相手の事情もわからなくはないが、人の命をなんだと思っているんだ。私は苛立《いらだ》ち、すぐそばのごみ箱を思い切り蹴とばした。

しかし、いくら不機嫌になっても、床に染み付いた血が消えるということはない。別にこれが私の血だとはさらさら信じるつもりはないが、このまま放っておくのも気味が悪い。とりあえず、クエン酸か重曹をかけ、たわしか何かで擦《こす》ればどうにかなるのかもしれない。私は面倒だなと思いながらも部屋着の上からジャンパーを羽織り、駅前のドラッグストアへと向かうことにした。

おんぼろ自転車を駅前の無料駐輪場に停《と》め、ドラッグストアへと歩いて向かう。店に向かう途中、ふと駅前にある不動産屋の壁に貼られた物件案内の一つに目が留まった。なんとなく視界に入ったその案内。しかし、内容を見た瞬間、私は自分の目を疑った。足を止め、もう一度確認してみる。そこに掲載されていたのは、私が今現在住んでいるアパートの、まさに私が住んでいる号室だった。

私は最初、別の号室と間違えているのではないかと思った。賃料が、私が払っている二分の一しかなかったこともその疑念を後押しした。私はその物件案内をじっと見つめ続けた。こうしていれば、もしかしたら間違いが徐々に正されていくかもしれないと思ったのだが、いつまでたっても内容に変化はなかった。

しばらくすると、店の中から店主が出てきた。

「なんでこんなに安いのかと思ってるんでしょう？」

私が返事をする前に、店主がこちらが聞きもしないことをぺらぺらと喋《しゃべ》り出す。

「この部屋はね、いわゆる事故物件なんです。だから、こんなに安い。でも、別にそんなの気にしないっていうなら、おすすめですよ。きちんと部屋は掃除するし、改装だってする予定ですから」

「どういう事故物件なんですか」

恐る恐る尋ねた。すると、店主はなんでもないような口調で返事をした。

「なんでもね、この部屋の住人が一週間後自殺するらしいんですよ」

私は頭が真っ白になる。なぜ、ここでも私が一週間後に死ぬことになっているのか。何も言えなくなった私を尻目に、店主は陽気に話し続ける。

「事故物件ってね、気にする人は本当に気にするけど、気にしない人は本当に気にしないんですよ。だから、ここまで値段が落ちてると、すぐに埋まっちゃいますね。お兄さんも狙ってるなら、今のうちに押さえておいたほうがいいですよ」

「いえ、私は……」

私はこの部屋の住民で、なぜか一週間後に自殺することになっているものです。そう言おうとしたそのとき、突然後ろから男が会話に入ってきた。

「おお、ここ安いね。いいじゃないか」

男はくたびれたカーキのジャンパーの下に襟元がよれよれになった黒のTシャツを着ていた。右側だけの口角が上がり、口の中は歯並びががたがたで、所々歯が抜け落ちていた。私が仕事場でよく一緒になるような類《たぐい》の男だった。

「ここは事故物件ですよ。だからその分安いんです」

「そんなもん気にしねぇよ。こんだけ安いとずっと生活が楽になるなぁ。助かるね」

「あと、ここは即入居ができないですけど、それでも大丈夫ですか？」

「どのくらいだ？」

「ええと、入居者が一週間後に自殺して、そのあと、血の掃除やら改装を済ませて……。大体三週間後くらいには入居できると思いますよ」

男は少しだけ腕を組み考えた後で、「それでもいいや」と店主に告げた。店主は私を見て、あなたはどうしますと商人らしいずる賢そうな視線を送ってきた。私が何も言えずにただ首を振ると、少しだけ不満げな表情を浮かべた後、男を店内へと連れて行った。

一人残された私は、もう一度確認のため案内の内容を確認した。しかし、そこに掲載されていたのはやはり私が住んでいるアパート、号室だった。

＊＊＊＊＊

気が付けば私は自分の家の前にいた。きしむ玄関のドアを開け、狭い四畳半の部屋の明かりをつけたとき、座卓の下に広がった血の跡が目に入る。

そうだ、そういえばこれを掃除するための洗剤を買いに出かけたんだ。しかし、もう一度駅前へと戻る気力は残っていなかった。私はフローリングに染み付いた血痕に触り、それから台所に放置したままの血のついた包丁へと視線を向けた。

そのとき、玄関のチャイムが鳴る。訪問客などめったにいないため、不吉な予感がした。私がゆっくりとドアを半開きにすると、そこに立っていたのは、糊《のり》のきいた制服に身を包んだ二人の警察官だった。

「何の用ですか？」

彼らは警察手帳を開いて見せた後、私を安心させるかのような優しげな表情を浮かべる。

「実況見分です。だけどまあ、安心してください。これはあくまで形式的なものに過ぎませんから。それではお邪魔致します」

そう言うと、私に説明をした警官は後ろにいたもう一人に合図を送り、ずかずかと部屋の中に入りこんできた。そして、警官たちは勝手に私の部屋、そして、台所に置かれた包丁の写真を撮り始め、それから一人は作業バッグから刷毛《はけ》のような何かを取り出し、包丁の柄の部分に銀色の粉をなでるようにして塗布し始めた。それはドラマの中で、鑑識が指紋を採取しているときの様子と全く同じだった。

「あの……一体何を調べているんですか？」

「いや、明らかに自殺だとわかりきっていてもですね、一応、他殺の可能性について捜査しなければならないんですよ」

私の部屋のクローゼットやらを開け閉めしながら警察官がぶっきらぼうに答える。そして、腰にぶら下げたバッグからペンとメモ帳を取り出し、ペン先をなめながら私に質問をし始めた。

「ところで、誰かから恨まれたりしています？」

「いえ、特には……」

「じゃあ、職場で何かトラブルとかは？」

私が首を横に振ると、警察官は満足げな表情を浮かべ、「他殺の可能性はないようですね」と独り言《ご》ちた。

「じゃ、これで見分は終わりです。失礼しました。おい、帰るぞ！」

目の前にいた男が、もう一人の鑑識役に声をかけた。しかし、鑑識役が声かけに気が付かなかったので、目の前の警官がその男の尻を思いっきり蹴り上げる。鑑識役は猫のような叫び声をあげた後、飛ぶように家の外へと飛び出していった。目の前のもう一人も私に軽く一礼し、黙って私の部屋から出ていく。

そして、彼らと入れ替わるように、こわもての男が一人チャイムも鳴らすことなく入ってくる。入れ替わりで入ってきたその男は私が借金をしている消費者金融の人間だった。

「すみません、今月末まではきちんと返しますので……」

ある意味警察よりも恐ろしい男を前に、私は反射的にそう言った。しかし、男は不機嫌になるわけでもなく、軽い挨拶をしたのち勝手に部屋の中にあがりこむと、先ほどの警官と同じように勝手に部屋の写真を撮り始めた。

「いや、もうその必要はないんだから気にする必要はないぜ」

男は穏やかな口調でそう言った。彼がそのように優しい言葉をかけるのは、私が彼の会社に初めてお金を借りに行ったとき以来だった。

「どういうことでしょうか」

「いや、だからもう自殺しちゃうんだからさ、返そうにも返せないじゃんか」

頭がくらくらし始める。何が何だかわからないというレベルではない。まるで、気が付かない間に異世界へと投げ込まれたかのようだった。

それと同時に、途方もない恐怖に包まれた。みながみな、私が自殺することを当然の前提として動き始めている。それはまだいい。何より私を恐怖に陥れたのは、誰一人として私の自殺を止めようとしてくれないことだった。

「でも……私が自殺すると困るんでしょう？　借金だってまだ残っているんですし……」

私は何かの救いを求めるように男に問いかけた。

「いやね、昔はそうだったんだけどよ。今では事情が違ってな、金を貸したのに返ってこないときのための保険があんのよ。会社の過失がないってことが証明された場合には、貸した分の半分が返ってくる仕組みでさ、うちの会社もそれに加入しているわけ。だから、こうやって保険会社に提出する用の証拠を撮影してんのよ。それに……

どうせこのままずるずる貸し続けても、返済なんて無理なんだろ？」

「そんな！」

私の声はかすれていた。男はそんな私をちらりと一瞥《いちべつ》しただけで、慰めの言葉一つかけてくれなかった。そして、「じゃ、帰るわ」と一言だけ言い放ち、出ていこうとした。

「返します！　私は彼の腰にしがみつき、なんとか帰らないで欲しいと懇願した。

「そんなこと言われたってよ」

「そんな保険なんか当てになりませんよ！　私に！　私にお金を返済させてください！」

しかし、男は私を足蹴にし、暴力的に突き飛ばすと、玄関にぺっと唾《つば》を吐いて出ていってしまった。残された私はたった一人で、おうおうと泣くことしかできなかった。頬を流れた涙は顎の先へとつたい、床の上にぴちゃりと音を立てて落っこちた。

それから私の生活は荒れに荒れた。日雇いの仕事へ行くわけでもなく、買い物に行く以外は家にこもって酒におぼれた。もちろん、そんな私を心配してくれる人間など一人もいない。引きこもり中に家にやってきたのは、私が死んだ後の部屋を貸し出そうとしている不動産屋とあの歯抜けの男だけで、その二人も結局は部屋の内見に訪れただけだった。

それでも初めのうちはまだ、絶対に自殺してやるものかという気持ちは捨てていなかった。他の人間がなんと言おうと私には生きる権利があるし、仮に自殺するとしても、他の連中が指定した日に、指定した方法で死ぬなんてまっぴらだと考えていた。

しかし、酒を飲み、孤独感に襲われると、葬儀屋の男、不動産屋、家を借りたいと言っていた男、さらには金融会社の人間のことが頭をよぎった。彼らは私が自殺することを前提に物事を進めており、私が死なないことで、彼らに少なからず迷惑をかけてしまうことは明らかだった。私にも私の人生があるが、彼らにも彼らの人生があるし、さらには悲しいことにそれは一対複数だった。

世界が私の自殺を望んでいるにもかかわらず、生きる価値のないちっぽけな私一人がわがままを貫いていいのかわからなくなった。慰めてくれる友達も恋人もいなかったし、それを補えるだけの確固たる自分も持ち合わせていなかった。社会の動きに歯向かえるだけの価値が私にあるのだろうか。誰にも必要とされない、誰にも愛されない自分に。私は救いを求めて、自分の境遇、自分の過去を振り返ってみた。しかし、それらはむしろ世界の方に味方をした。私はまさに孤立無援だった。

次第に私は生きたいと思うこと、いや、それだけでなく、ありとあらゆることに対して罪悪感を覚えるようになった。呼吸によって自分が貴重な酸素を消費していること。自分がごみを出すたびに、清掃業者の仕事を増やしてしまうこと。世界によって生かされている一方で、いかに私が世界にとって迷惑な存在であるかという事実に私は罪悪感で頭がおかしくなりそうだった。

カレンダーと時計を見る。私が自殺するはずの時間が近づいていた。私は泣きながら台所に行き、包丁をとってきた。包丁の先には私の血がべっとりと付着していた。まさに包丁は一週間前から首を長くして私の自殺を待ち望んでいた。

私は座卓をどかし、血痕の中心に立った。包丁の先をお腹《なか》にちょっとだけ押し付ける。ちくりという痛みが身体に走り、どうしようもなく怖くなって私は泣いた。どうせ自殺するなら、せめて楽な方法がよかった。しかし、私は包丁で自殺しなければならない。そうでなければ、包丁についた血と床に染み付いた血痕の説明がつかなくなってしまう。私は包丁で自分の腹を刺し、自殺しなければならない。世界がそれを望んでいる。私はそう自分に言い聞かせる。

みっともなく泣いた後で、ようやく決心がついた。私は包丁の柄をぎゅっと握り締め、目をつぶり歯を食いしばった。そして、包丁を持った手を大きく振りかぶり、腕に力を入れ、勢いよく、包丁を腹に突き刺した。

食べログ1.8のラーメン屋

○ラーメン屋の厨房《ちゅうぼう》
店主が寸胴鍋《ずんどうなべ》のスープをかき回している。
アルバイトが厨房に入ってきて、店主は顔をあげる。
バイト「営業中の札、ひっくり返しておきました」
店主「おう、お疲れさん。次の仕込みまで休憩でいいぞ。それにしても、今日も大繁盛だったな」
バイト「そうですね……正直、不思議ではあるんですが」
店主「何だよ。バイト風情がそんな口きいて」

バイト「だって、店長。うちの店のラーメンって……控えめに言っても美味《おい》しくないじゃないですか。うちの店が食べログで何点つけられているか知ってます？」

店主「知らねえな」

バイト「1・8ですよ、1・8。逆にこんな点数あるんだって感心しちゃいましたよ」

店主「まあ、そんなもんだろうな。別に驚きはしねぇな」

バイト「スープはギトギトで脂っこいし、麺は水を吸ってブヨブヨだし、チャーシューなんてゴムを噛《か》んでるみたいに硬いし。通りの向かいにあるラーメン屋の方が何百倍も美味しいのに、何でうちの店に大勢のお客さんが来るのか理解できません」

店主「はあ、ビジネスってもんが全くわかってねぇな、お前は」

バイト「どういう意味ですか」

店主「うちに来るお客様はな、別に美味しいラーメンが食いたいわけじゃねぇんだよ。まずいラーメンを食って、その悪口を言いたくてわざわざ遠い場所からいらっしゃってるんだよ」

バイト「はあ」

店主「美味しいラーメンを食べるのが好きな人間なんかより、ラーメンについて色々語ったり、他の人とお喋《しゃべ》りしたいっていう人間の方が圧倒的に多いんだ。うちの店はな、ラーメンを提供しているわけじゃないんだよ。そういう人間に、好きなようにラーメンについてお喋りできるネタを提供してんだよ。それも好き放題叩《たた》いても嫌な気持ち一つしないとびっきりのネタをな。ほら、例えばお前にもよ、あんまり良い接客すんなって言ってるだろ？」

バイト「そうですね。お客さんが呼んでも、一回は必ず無視しろって言われてますし、皿洗いも衛生面でギリギリ問題にならない具合に汚れを残せってうるさいですもんね。言われたことしかやらない主義なんでそれはそれで良いんですけど、いつも不思議に思ってました」

店主「例えばだ。いくらラーメンがまずくても、店員の接客態度が良かったり、店全体にどこか人情味あふれるような雰囲気があったらよ、その店の悪口がちょっと言いにくくなるだろ」

バイト「そうですね、味がクソでも、そういう店にはたまに根強いファンがいますし。そういう人ほど、自分の好きなものを攻撃されたらものすごい勢いで反撃してきますもん」

店主「そうだ。わかってきたじゃないか。うちはな、お客様が何の罪悪感も感じず、何のリスクも冒さず、好き放題叩けるサンドバッグを提供してんだよ。お客様はストレス発散ができるし、みんなから共感を得て承認欲求も満たせる。

俺たちはその分、お金を稼げる。Ｗｉｎ－Ｗｉｎの関係だ。おかげさまでうちの店も笑えるくらいに稼げてるしな」

バイト「私も時給三千円で働いてますから否定はできませんよ。接客は適当でいいし、仕事中にスマホをいじっててもいいですしね。客が多くて忙しかったり、たまに変な客に絡まれるくらいしか文句ありませんし、こんな割のいいバイト他にありませんよ」

店主「俺もな、最近は金が余りすぎて困ってるくらいなんだよ。ほら、俺の目元をよく見てみろ」

バイト「そういえば、今日は目の上にガーゼを当ててませんね。でも、それくらいしか、特段変わったところは……」

店主「実はだな。この前の休みに、プチ整形をして、二重まぶたにしてみたんだ」

バイト「いいおっさんが何してるんですか」

店主「正直、金が余りすぎて何に使っていいかわかんねぇんだよ」

バイト「はいはい。お金持ちもお金持ちで大変なんですね。とりあえず、私はお腹《なか》が空《す》いたんで、休憩に入ります」

店主「食べログ1・8の糞不味《くそまず》いラーメンならいくらでも食っていいぞ」

バイト「そんなもの食べたくありません。私みたいな純粋なラーメン好きは、通りの向かいにある、本当に美味しいラーメン屋のラーメンを食べに行きます」

店主「おうおう、勝手にしろ。四時から仕込みだから、それまでには帰ってこいよ」

バイトが前掛けを外しながら厨房を出ていく。

店主は再び寸胴鍋をかき回し始める。

少しして、険しい表情を浮かべたバイトが再び厨房に入ってくる。

店主「どうした、忘れ物か。というか、何だその険しい顔は」

バイト「店長のせいです」

店主「なんだよ、突然」

バイト「向かいのラーメン屋……潰《つぶ》れちゃってました」

終末のそれから

『旧新宿東エリアの――で――見つかり――。我々プリマリア教団による物資配布――時から――を報告――ただし――であるため、――を――いている模様。――は晴れ――エリアは注意を――』

僕はその場にしゃがみこみ、調子の悪いラジオに手を伸ばす。直らないかなという甘い期待を抱きながら、本体部分を叩《たた》いたり、ボタンを意味もなく押していると、すっと僕の目の前に人形《ひとがた》の影が落ちる。振り返ると、後ろにはハチミツが立っていた。彼女のボサボサな長い黒髪が逆光に当てられ、輪郭線がくっきりと際立って見える。

「オトートとのお別れはもういいの？」

「うん。だらだら話しかけてても、生き返ってくれるわけでもないし」

ハチミツが手ぐしで髪を梳《と》かしながら答える。僕はラジオを抱き抱え、近くに置いてあったリュックを背負う。中に入っているのは、昨日よりも一人分だけ軽くなった、子供二人分の荷物。次はどこに向かうの？　ハチミツが聞いてくる。そのタイミングでラジオが先ほどの放送を繰り返し始めたので、僕たちは息を潜めてその内容に耳を傾けた。

「旧新宿東エリアってどっちだっけ？」

「お日様が沈む方角」

わかりやすいじゃんとハチミツが頷《うなず》き、物資配給が行われる予定の旧新宿東エリアへ向かって歩き出す。僕は数歩だけ間を空けて、彼女の後についていく。途中で一度だけ後ろを振り返り、オトートが埋葬されたお墓を遠くから眺めた。荷物が入ったリュックを背負い直し、それからまた前を向いて歩き出す。

オトートは感染症に罹《かか》って亡くなった。ちょうど薬や抗生物質を切らしたタイミングでの発病だったから、本当に運が悪かったとしか言いようがない。彼は僕とハチミツどちらかの本当の弟というわけではなかったけれど、そんなことはどうでもよかった。血の繋《つな》がりとかそういうものは、今みたいな時代には似合わない。大袈裟《おおげさ》に言うのであれば、それは極めて文明的なものだから。

「私たちが生まれた時にはもう世界は滅んでたから、何が文明的かなんてよくわかんないけどね」

誰もいない道路の真ん中、かすかに残る白線の上を歩きながら、ハチミツが僕をからかう。経年劣化でひび割れたアスファルト、文明時代に築かれたという背の高いビルの骸《むくろ》、どこからか風で運ばれてきた瓦礫《がれき》と折れた木の山。僕たちは足元に気をつけつつ、時々休憩を挟みながら、お日様が沈んでいく方角へと歩き続ける。道中では窪《くぼ》みにたまった水をくんだり、公園跡地に生えた木の実や野草を摘んだりして、それでもやることがなくなったらしりとりを始める。しりとりという遊びは以前一緒に行動していたおじさんから教えてもらった暇つぶしで、一人が言葉を言って、次の人がその言葉の最後の文字から始まる言葉を言う。それを繰り返すだけの簡単なゲーム。白菜。イエス・キリスト。吐息。霧。淋病《りんびょう》。う、う、うんち。やめてよ、そんな汚い言葉。いいじゃん、ほらハチミツの番だよ。ち？　えーと、チャペル。る、る、ルカ。釜。ま、ま、マリファナ。ナイフ。ふかし芋。も、も……桃。桃って何？　私も名前しか知らないけど……何か機械の部品じゃない？

お日様の位置が低くなり、空が少しずつ赤みを帯びていく。夕焼けに照らされて、無尽蔵に立ち並ぶビルの表面が色鮮やかな茜《あかね》色に染まっていく。僕たちは暗くなる前に寝床を確保することにして、適当な建物の中へと入った。中にはシミだらけの絨《じゅう》毯《たん》が一面に敷かれていて、奥に進むと地下へと続く階段がある。壁には色褪《いろあ》せたポスターが所狭しと貼られていて、階段を降りた先には見たこともないような分厚い扉があった。僕たちはそれを二人がかりで開く。扉の先には、たくさんの赤い革が張られた椅子が段々に並べられていて、教会の中みたいにどれもが同じ方向を向いていた。世界が滅びる前は、映画館って呼ばれてたらしいよ。文字を読めて博識なハチミツが教えてくれる。僕たちは扉に一番近い椅子に腰掛けた。並べられた椅子の向こうにある教壇のような場所には、一枚の大きな紙のようなものが吊《つ》るされている。あれは何？　僕はハチミツに尋ねてみた。ハチミツは首を振り、よくわかんないと眠たげな目で返事を返す。

椅子と椅子の間にある手すりを引っ込め、それから僕たちは手を繋ぎ、身体《からだ》をくっつけあう。階段部分に塗られた発光塗料以外に灯《あかり》はなく、部屋の中は暗くて、カビ臭い。耳をすますと、かすかにハチミツの吐息が聞こえてくる。目を瞑《つむ》ってみたが、昨日まで一緒にいたオトートの顔が思い浮かんで、なかなか寝付けない。手持ち無沙汰にハチミツの手を握る力を強くしたり弱くしたりしてみる。どうしたの？　暗闇の中からハチミツの声が聞こえてくる。眠れなくってさ。僕がつぶやくと、私もとハチミツがつぶやく。

「もし私が死んじゃったらどうする？」

「それは……すごく嫌かも」

「きっと僕は、ハチミツが一緒じゃないと、もう生きていけない気がする」

「そう言ってくれるのは嬉《うれ》しいけどさ、大袈裟だよ」

ハチミツが僕の手を握る力を少しだけ強くする。カビの匂いに混じって、ハチミツの乾いた髪の匂いがした。

「ハチミツとずっと一緒にいたいし、一緒にいるだけですごく心が落ち着くんだ。今まで色んな人たちと一緒に行動したり、お別れしたりしてきたけど、ハチミツだけはなぜか特別なんだ。何でなのかはわかんない。何なんだろう、こういう気持ちって。ハチミツは、これを何て言うか知ってる？」

「知ってるよ」

今度は僕がハチミツの手を強く握り返す。ハチミツが暗い空間の中で、身体を動かすのがわかった。

「あえて文明的な言い方をするなら、それは多分、恋ってやつだと思う」

「変な言い方」

僕たちはかつて映画館と呼ばれた場所でこんなお話をした。そして、それから三日後にハチミツは死んだ。オトートと同じ感染症で。

僕はハチミツのためのお墓を半日かけて作り、そこにハチミツを埋葬した。お墓の前でひざまずき、長い時間をかけて、配給所のおじさんたちが教えてくれる祈りの言葉を唱える。それから一人分の荷物を詰めたリュックを背負い、再びお日様が沈む方角へ歩き出す。ハチミツがいなくなった世界は、まるでたくさんの色が突然灰色に塗りつぶされたみたいにもの寂しい。だけどそれよりも、ハチミツがいなくなった世界でも、結局僕はこうして生きていて、物資が配給される場所へと黙々と歩き続けている、そのことが僕を、どうしようもなく悲しい気持ちにさせた。

『天《あめ》が下の――には季節があり、――。生まるるに時があり、死ぬるに時があり、――。神の御心《みこころ》を――であり――我々の魂の救済を――。我々プリマリア教団――信仰を――何という空《むな》しさ――。物資配布は――開始であるため――異教――』

ラジオの調子はまだ悪い。軽いリュックを背負って、重たい気持ちを胸に抱えて、僕は誰もいない道を歩き続ける。同じように水をくんで、食料を確保して、そしてやることがなくなったら、しりとりを始める。三人でいた時と同じように、二人でいた時と同じように。ただ相手はいないから、自分一人だけで言葉を紡いでいく。

ラジオ。お腹《なか》。か、か、かみ合わせ。聖書。よ、よ、ヨシュア。アメンボ。ぼ、ぼ、ぼ……。アリ。リュックサック。靴。釣り。リュックサック。く、く、く……熊。マタイ。家。えくぼ。ぼ、ぼ、ぼ……。

「ボウズ、一人か？」

顔をあげる。目の前には大きな荷物を背負った男が立っていて、人懐っこい笑顔で僕を見下ろしていた。つい数ヶ月前までは五人で、三人になって、そこから二人がいなくなって、今は独りぼっち。僕の返答に彼はじっと耳を傾ける。男の背後からは他の人たちの声が聞こえてくる。目を凝らしてみると、四人の男女の姿。目の前の人を含めたら五人。よくありがちな小規模な集団。

「加入はできる？」

「もちろんだ」

何度も何度も繰り返してきた会話を交わし、僕は新しい集団に加わることになった。俺はダンチだと男が名乗り、僕も自分の名前を伝える。

「ダンチは今まで、この人と一緒じゃないともう生きていけないって思ってた人と、離れ離れになったことはある？」

「あるよ。数え切れないほどに」

僕の唐突な質問に、ダンチは嫌な顔ひとつせずに答えてくれる。

「でもさ、案外生きていけるもんだよ。それがいいことか悪いことかはべつにしてさ」

仲間を紹介するよとダンチが僕の頭に手を置き、温和な表情で呟《つぶや》く。ダンチが背中を向け、仲間のもとへと歩き出す。僕もダンチの後ろをついていく。途中で一度だけ、来た道を振り返り、ハチミツが埋葬されている方角へと視線を向けた。そして荷物が入ったリュックを背負い直し、それから前を向いて再び歩き出す。何度目かはもうわからない、新しい出会いを求めて。

それはミミズクのせいだよ

「私のことを好きになったたって言うけどさ、多分それはあのミミズクのせいだよ」

美奈《みな》は顔を上げ、近くの電柱の上を指さした。その方向へと視線を向けると、電柱のてっぺんに一羽のミミズクが立ち止まり、こちらをじっと観察していた。羽毛は都会のくすんだ夕暮れに溶け込むような深い灰色で、突き出た二本の羽角はピンと天に伸びている。そして、不気味に明るい黄色の瞳はじっと俺達を見つめていた。恨みがましい目で、嘲笑《あざわら》うような目で。

「私の家系は代々ミミズクに取り憑《つ》かれてるの。ミミズクは不思議な力を持っていてね、取り憑いた人間のことをまるでその人間がすごく魅力的な人間であるかのように見せかけることができる。だから、きっとあなたが私のことを好きになったのも、きっとあのミミズクのせい。みんなあのミミズクに欺かれて私に近づいて、そして、そのうち去っていく。その繰り返し」

どういうことだと俺が尋ねると、美奈は少しだけうつむいて説明する。

「ミミズクは見せかけの魅力で近づいてきた人に対して、今度は自分が取り憑いた人間の印象が少しずつひどくなるようにしていくの。そして、最初は素敵だと言って近づいてきた人は幻滅して、最終的に私から離れていってしまう」

茜《あかね》色に燃える夕焼けが分厚い青紫色の雲に隠れていく。ミミズクがホーッと鳴き、電柱の線に止まっていたカラス達が一斉に飛び立っていく。けたたましい羽音が静寂な街に虚《うつ》ろに反響した。

「私のことを好きになってくれた人は沢山いたけど、結局最後はみんな私のことを嫌いになって、そして離れていくんだよね」

「俺は違う」

「そう言ってくれるのはとても嬉《うれ》しいけど……ごめんね、やっぱりこれ以上傷つきたくないの」

俺は顔をそらした美奈の手を取り、強く握りしめる。か細く、小さいその手は氷のように冷たかった。

「傷ついた過去も全部、受け止めてみせる。俺は本気なんだ。人生をかけて、君を愛してみせる」

美奈に詰め寄る。美奈はじっと俺の目を見て、そして、表情を変えないままこくりと頷《うなず》いた。俺はまだ彼女の瞳の中に、俺に対する猜疑心《さいぎしん》が残っていることに気がついていた。それでも、俺の心が揺らぐことはなく、むしろこれまで以上に、彼女に対する情熱が高ぶっていく。俺以外の一体誰に、彼女を救ってやることができるのか。俺は美奈を抱き寄せる。顔を彼女の髪に近づけると熟れた桃のような甘い匂いがした。視界の隅で、灰色のミミズクが翼を広げ、飛び立っていくのが見えた。

美奈は素直に感情を見せるような性格ではなかった。今まで俺が付き合ってきた女性と比べても言葉少なだったし、正直何を考えているのかよくわからなかった。しかし、それがミミズクの呪いによって人生を弄《もてあそ》ばれたせいだと俺は知っていた。だからこそ、俺はできる限りの誠意をもって、精一杯の愛情を美奈に伝えた。手を握り、目を見て、好きという言葉を囁《ささや》いた。そのたびに美奈はからかうように俺の言葉をはぐらかして、斜に構えた言葉で俺をあしらう。それでもそれが彼女なりの照れであることはわかっていったし、俺が少しだけ顔をそらした一瞬、ほんの少し頰を緩ませているのを見るたびに、俺の胸は彼女への愛《いと》しさでいっぱいになった。

美奈に取り憑いているミミズクはというと、そんな俺達を邪魔することもなく、茶化すこともなく、ただただ視界の隅っこで、じっと俺達を見つめているだけ。ミミズクの存在は彼女の意識を否応《いやおう》なしに呪いという現実へと連れ戻す。向き合って話しているときも、ベッドで抱き合っているときも、美奈はふと俺から目を離し、電柱の上から、あるいは窓の外から、俺と美奈をじっと監視するミミズクへと視線を向ける。そのたびに彼女の表情に憂いの影が差す。その表情を見るたびに心がかきむしられた。彼女が何かをしたわけでもないのに、どうして、彼女がこんな目に遭わなければならないのか。俺はその理由をどうしても理解できなかった。

付き合い始めて半年が経ったある日。いつも俺から誘うばかりだったデートを、初めて美奈から提案してくれた。車を一時間ほど走らせて着いた場所は、小高い丘の上に作られた自然公園だった。都会のけばけばしい街明かりや喧騒《けんそう》は息を潜め、空を見上げると澄んだ星空が広がっていた。他の人にはあんまり教えていないお気に入りの場所。美奈はそう言った。誰もいない真っ暗な公園を散歩し、昨日の雨で少しだけ濡《ぬ》れている木製のベンチに腰掛けた。俺と美奈は何も言わずに星空を見上げた。美奈の頭が俺の肩にもたれかかる。滅多に見せることのない美奈の甘えた仕草に心が熱くなる。

「珍しいじゃん」

「別に……」

いつもと同じそっけない返事に苦笑いを浮かべながら、俺は美奈の肩を抱き寄せた。

肌寒さに少しだけ震える華奢《きゃしゃ》な身体《からだ》を強く抱きしめながら、俺はそっと美奈の唇に口づけをする。いつもは少しだけ嫌がる美奈も今日だけはただされるがままに俺のキスを受け入れた。これからもきっと美奈のことを愛し続けてみせる。ミミズクの呪いなんて関係ない。俺はもう一度空を見上げる。それと同時に、ミミズクが大きな翼をはためかせ、夜の静寂をかき消すような羽音を響かせた。

しかし、俺と美奈が付き合い始めてちょうど一年が経《た》とうとしていた頃、ミミズクの呪いは音も立てず、そっと俺達の日常に入り込んできた。始めは些細《ささい》なことだった。美奈を後ろから抱きしめている時、白くて肌理《きめ》の細かい彼女の項《うなじ》にぽつんと一つのほくろがあることに気がついた。何度もこの体勢で彼女を抱きしめていたのに、どうして今まで気がつかなかったのか。別に気にするようなものではない。それでも俺は、彼女のその部分にほくろがあることになんだか奇妙な違和感を覚えた。そんな胸をちくりと刺すような違和感は、彼女に抱く小さな嫌悪感の始まりだった。

美奈は相変わらず美しかったし、ぶっきらぼうであるがよく気も回るし、本当によくできた彼女だった。欠点のない人間なんて存在しないことは当然知っていたし、表情に乏しいとか、何考えているかわからないなんてことは個性の範囲内。それも、目をつぶれるほどに些細な欠点でしかない。それにもかかわらず、美奈の返事がぶっきらぼうなこととか、いつも俺からしかデートに誘わないこととか、今までは別に気に留めていなかったそういったことが、決して解毒されない毒のように、日に日に鬱憤《うっぷん》として心の底に溜《た》まっていった。そして、美奈への不満をぐっと飲み込むたびに、美奈に取り憑くミミズクは、俺を嘲笑うように目を細め、鳴き声をあげるのだった。

俺はミミズクの呪いのことを知っていたし、美奈が過去のトラウマからそういう性格になっているということを理解していた。だからこそ、美奈が煮え切らない返事をしても、自分から身を引いて俺の愛情を試すようなことをしてきても、俺は必死に彼女を引き止め続けた。俺の美奈への気持ちが試されている。俺は自分に何度も言い聞かせた。それでも、苛立《いらだ》ちや不満は澱《おり》のように蓄積していき、それに伴い、以前は全くしたことのなかった口喧嘩《くちげんか》も増えていった。

「そんなに嫌ならいつでも別れていいからね。別に私から付き合ってって言ったわけじゃないしさ」

付き合いたての頃は同情をもって受け止めることができていたそんな言葉が、俺達の関係を終わらせる引き金になった。その言葉を聞いた瞬間、俺だけが必死になっていることが馬鹿らしくなって、全身から力が抜けていくのを感じた。じゃあ、別れようか。俺は無意識のうちにそうつぶやいた。美奈は俺の目をちらりと見た後で、いつもと同じ、何を考えているかわからない表情のまま「そうだね」とだけつぶやいた。

「あなただったら、もっといい女の子と付き合えると思うよ」

「そうかな」

「私の部屋にある服とかはどうしたらいい？」

「取りに行くのも面倒だし、捨てといてくれ」

美奈が頷く。出よっかと美奈が言い、席を立ち上がる。俺も伝票を持って席を立ち上がる。店の扉を開けたとき、看板に立ち止まっていたミミズクが何かを察したかのように飛び立つのが見えた。それから俺達は無言のまま駅へと並んで歩いていった。別れ道でもう一度だけお互いに向き直り、美奈はじゃあね、とだけ言って自分の家の方へと歩いていった。さよならも言わず、その場に立ち尽くしたまま彼女の背中を見送った。しかし、美奈は途中でおもむろに立ち止まり、こちらへ振り返った。そして、そのまま俺に視線を向ける。どこからともなくミミズクが舞い戻ってきて、いつものように電柱の上へとそっと止まった。

「嘘つきっ!!」

初めて聞くような大声をあげた後、美奈は両手で顔を覆い、その場で泣き崩れた。

今まで見せたことのない美奈の感情にも、不思議と俺の心は全く動かされなかった。今まで傷つかないようにずっと予防線を張り続けていたくせに、俺の好意に甘えて絶対に自分から殻を破ろうとはしなかったくせに、まるで俺だけが悪いみたいな言い草はないだろ。俺は冷めた目で美奈を見つめながら、そんなことを考えた。電車の通過音に混じって、ミミズクの低い鳴き声が聞こえてくる。美奈はまだ泣き続けていた。

可哀想《かわいそう》だなという感情も罪悪感も、何も感じない。俺はむしろ頑張ったほうだと思う。

だからこそ、美奈が俺との恋愛で傷ついたとしても、少なくともそれは俺のせいではないし、あえて何かのせいにするのだとすれば、多分それはあのミミズクのせいだよ。小さな声でそうつぶやいた後、俺は美奈に背中を向け、駅へとゆっくりと歩いていった。

影

ずっと好きだった女の子の影を買った。一万円で。


「ありがとう。手術のために少しでもお金が必要だったの」

封筒に入ったお金を手渡した後、彼女はそう言った。それから切なげに微笑《ほほえ》むと、そっと自分のお腹《なか》に手を当てる。僕はそれだけで彼女が言う手術の意味を悟った。僕らの横を僕らに無関心な通行人が通り過ぎていく。木枯らしが掠《かす》れた口笛を奏でながら吹き抜けていく。相手は誰かと尋ねる勇気はなかった。大変なんだねと慰める強さもなかった。ずっと好きだったんだ。僕の口からこぼれ落ちたのはそんな言葉だった。

「知ってた」

当てつけ交じりの言葉に彼女は微笑む。澄んだ秋空のように。

「あなたなら影を買ってくれるだろうって思ったの。私って、ずるい女でしょ？」

僕はあの日、放課後の教室で一人、担任から渡されたプリントを掲示板に貼っていた。運動場からは野球部の掛け声に混じり、下校中の学生のはしゃぎ声が聞こえてくる。廊下側の窓からは鮮やかな色をした夕陽《ゆうひ》が差し込み、教室は茜《あかね》色に染まっていた。教室の扉がおもむろに開かれ、縦に長く伸びた影がほの暗い教室の床に映る。少しだけ間が空いて、キンと冷やした鈴を鳴らしたような声がする。

「電気もつけないで何してるの？」

僕が顔を向けると、紺色のラケットケースを背負った彼女は呆《あき》れた表情を浮かべていた。彼女の言葉に同意するように、彼女の影も身体《からだ》を揺らして笑った。首を傾《かし》げ、肩を震わせ、風にそよいで震える木の葉のようだった。

それから彼女は教室の明かりをつけ、僕の仕事を何も言わずに手伝ってくれた。彼女への恋心に気がついたのはそれよりずっと後のことだったし、優しくされたからという単純な理由で彼女を好きになったわけでもない。それでも、ふと横を向いたあの一瞬、廊下の窓枠に切り取られた夕闇に浮かぶ彼女の横顔を、僕はきっと忘れることはないだろう。紫雲の隙間から差し込む突き刺すようなオレンジの光。同じ方向に伸びた二つの影。彼女の息遣い。衣擦《きぬず》れの音。僕たちは同じ方向を向いて、二人並んでそこにいた。それだけと言えばそれだけのことなのかもしれない。でも、僕は未《いま》だにそれ以上の何かを、知らない。

「じゃあね。私の影、大事にしてね」

彼女が二、三歩後ろに下がる。白い石畳に映っていた彼女の影が足元から離れ、その場に取り残される。影は彼女を探し求めて右往左往した後、模様のようにその場で動かなくなる。彼女は名残惜しそうに自分の影を見つめ、僕の視線に気がつくと、取り繕うように頰を緩ませた。枝毛が目立つ髪先を指に巻き付け、声にならない吐息を吐く。

「あなたのことを好きになってたら、きっと都合は良かったんでしょうね」

彼女はその言葉を残し、影を失ったまま帰るべき場所へと帰っていった。きっと二度と会うことはない。僕はなんとなくそんな気がした。どんなに僕が願っても、彼女が将来幸せを摑《つか》むことになっても、きっと彼女の横にいるのは僕ではない。彼女は僕のいない世界に生きていたし、それは今に始まったことではなかった。そのことが余計に、僕の胸をかきむしる。

彼女の影を足で踏む。影は少しだけ戸惑った後、ゆっくりと身体の向きを変え、もともとあった僕の影の横にぴったりと並んだ。僕の足元で二つの影が二股に分かれて伸びている。背の高い男の影と、頭一つ分背の低い女性の影。僕は彼女が去っていった方向に背を向け、そのまま自分の家へ歩き出す。晩秋らしい凜《りん》とした寒さに時折身を縮こませ、人の流れに身を任せる。途中、一度だけ立ち止まり、後ろを振り返って彼女の姿を探した。彼女の姿はもちろんない。その代わり、地面には僕の足から伸びた女性の影があった。そしてその影は、僕がずっと好きだった女の子の影だった。

どんなに世界が豊かになったとしても、幸せになれる人間の割合は予《あらかじ》め決まっていて、優しいからだとか、可哀想だからというもっともらしい理由で、幸せになれる人間が選ばれるわけではないのかもしれない。そんな神様なんていないこの世界で、彼女が、彼女の優しさに見合うだけの幸せを手にすることができたなら、それはとても素敵なことなんだろう。それでも、僕は祈る。何のために？　夕陽に照らされたあの日の彼女の横顔のために。

部屋の照明を消し、収納棚の上に置かれたテーブルランプの電源を入れる。僕はそのランプに背中を向け、床にしゃがみ込む。淡い電球色の光がゆっくりと暗いワンルームに灯《とも》り、僕の足元に二人分の影が浮かび上がる。

彼女の影はいつもと違う部屋の雰囲気に戸惑っているのか、首を左右に振り、不安そうに周りを見回している。僕の影が彼女の影の方に向き直り、何かを伝えるかのように口を動かす。彼女の影もそれに答えるかのように、僕の影へ顔を向ける。薄暗い部屋の中で、僕の影と彼女の影が顔を見合わせる。僕の影が安心させるように彼女の影の手を握った。

僕は息を潜めてその様子を見守っていた。あの日、並んで同じ方向を見ていた二人の影が、目の前で顔を合わせ、見つめ合っている。僕は小さく、そして卑屈げに笑った。そのまま後ろに置かれたテーブルランプへと手を伸ばし、照明を落とす。部屋が暗闇に包まれ、それとともに、二つの影も消えてなくなった。

骸骨倶楽部

東京郊外にあるアパートの一室。部屋の中央には縦に長くオフィスデスクが設置され、壁際には難しい哲学書がぎっしりと詰められた本棚が置かれている。カーテンは昼間だというのに一分の隙間もなくしっかりと閉じられており、部屋の中では、肉体を脱ぎ捨てた骸骨《がいこつ》たちが、デスクを取り囲むように座っていた。

一番奥に座っていたリーダーらしき骸骨が壁にかけられた時計を確認する。激しく貧乏ゆすりをしながら、周りを見回す。そして、廊下から一人の骸骨がいそいそと部屋に現れ、一番端の空いた席に着席した。それをじっくりと確認した後で、ようやく口を開く。

「幹部が全員揃《そろ》ったな。予定よりも十分の遅れだ。いつも時間は厳守するようにと言っているにもかかわらず、どうして一度もそれが守れないんだね、全く。それはまた後で議論するとして『骸骨倶楽部《クラブ》』の秘密会議をこれより始めることとする。それではいつものように、我が倶楽部の理念斉唱から」

その言葉と同時に、テーブルを取り囲むように座る骸骨たちが立ち上がり、声を合わせて斉唱を始める。

「一つ。肉体は俗悪的であり、高尚たる精神を汚すものである。二つ。高尚たる精神を守るため、我々は肉体から解脱するべきである。三つ。一般市民に正しき精神について啓蒙《けいもう》を行い、肉体解脱運動を全世界に広げるべきである。四つ。これら理念はあらゆる原理原則を超えて優先されるべきであり、理念を実現するためであるなら、反社会的行為を含むいかなる手段も辞してはならない。以上！」

骸骨たちが着席する。部屋に集まった骸骨は十一人。骨格から推察するに、男性が七割。残りは女性。それぞれの足元には登山用のリュックサックが置かれており、チャックの開いた部分からは、先ほどまで彼らが身につけていた肉体が折り畳まれた状態で納められているのが見えた。

「我々が肉体からの解脱という崇高な理念のもとに集まり、骸骨倶楽部を結成してから早三年。地方にも我らの支部ができ、それぞれが精力的な啓蒙活動を進めている。……我々の崇高な理念を理解できない愚かな政府の人間が我々をテロ組織だと決めつけ、公安から監視対象とされるようになったのも、ある意味で我々が着実に影響力を増している証左であろう」

リーダーの左隣に座っていたやや長身の骸骨がおもむろに立ち上がり、興奮まじりの声をあげる。

「政府のような低俗な思考しかできない連中なんて糞食《くそ》らえだ。我々がいかに素晴らしい、いや正しい組織であるのかをやつらに思い知らせてやりましょう！」

リーダー格の骸骨が立ち上がった骸骨の方をちらりと一瞥《いちべつ》し、たしなめる。

「落ち着きたまえ。長崎《ながさき》同志。そういう感情を前面に出してしまうのは、みっともない。まだまだ、解脱レベルが低いと言わざるを得ないいんじゃないか？」

諭された長崎という骸骨がへへへと頭蓋骨《ずがいこつ》のテッペンを照れ臭そうにかき、そのまおずおずと席についた。リーダーは満足げな吐息を漏らしながら、再び幹部らを見回し、奥に座っていた骸骨の一人に最近の骸骨倶楽部の活動内容や公安の動きについて報告するように促す。

骨格から見ておそらく女性と思われる骸骨が立ち上がり、手元の資料を読み上げ始める。賛同者は先月、ついに一万人の大台を突破。特に有産階級を新規に取り込めたことで活動資金の調達が今後さらに容易になる点は評価に値する。また、来月に開設予定だった北陸支部の立ち上げは、先月発生した豪雨被害の影響もあって遅延中。我々をマークしている公安については表立った動きはないものの、諜報《ちょうほう》活動を裏で進めているとの報告あり。以上。

なるほど。リーダー格の骸骨が満足げにうなずく。何か先ほどの報告に補足するものはいないか。リーダーが意見を募ると、左奥に座っていた、男性の骸骨がすっと手を挙げた。

「よろしいでしょうか、同志。この場で、内部告発をさせていただきたい」

内部告発。その言葉に、各人の緊張が高まる。不安げに左右を見回すもの、自分ではないと誇示するかのようにあえて胸を張るもの、それぞれが違った態度を取る中、リーダーの骸骨がよろしいと許可を出す。告発者の骸骨が席を立ち、自分の真向かいに座る男の骸骨、女の骸骨をすっと指差し、発言した。

「我々骸骨倶楽部の幹部規則の一つに、肉体の享楽に溺れること、すなわち不純異性交遊は厳に禁ずるとあります。しかし、私は見てしまったのです。骸骨姿ではない肉体を身に纏《まと》った高砂《たかさご》同志と増岡《ますおか》同志の二人が、歓楽街にあるいかがわしいホテルへと入っていく姿を」

部屋の中が一気にざわめきたつ。肉体解脱を理念に掲げる骸骨倶楽部では、性行為は下劣極まる行為だと説かれている。模範となるべき組織の幹部としてはこの規律を厳守する必要があり、それが事実であるならば大変なスキャンダルとなる。告発を受けた高砂同志は「ち、違うんだ」と慌てて告発内容を否定する。それを見た告発者の骸骨は机を拳骨《げんこつ》で叩《たた》き、苛立《いらだ》たしげな口調でさらに問い詰めていく。

「こんなこと許されるはずがありません。幹部ともあろう人物がいかがわしい歓楽街のいかがわしいホテルでいかがわしい肉体的享楽に溺れるなど、あってはならないことなのです！　今この場で両人の幹部資格、いや会員資格を剥奪するべきではないでしょうか！」

告発者の呼びかけに何人もの骸骨が賛同の意を示す。告発者は下顎の骨をコツコツと威嚇のように鳴らしながら、周りの骸骨たちの興奮を煽《あお》る。しかし、それまで口を閉ざしていた女の骸骨、増岡同志がおもむろに口を開いた。

「というか、なんであんたがその場にいたわけ？　そんないかがわしいホテルがあるような歓楽街にさ」

その言葉に告発者の骸骨の動きがピタリと止まる。

「そ、それはたまたま仕事の都合でそこを通る予定があって」

「あんたは埼玉の携帯ショップで働いてるはずでしょ。多分、私たちを見たっていうのは新宿の歌舞伎町だと思うけどさ、仕事の都合でそんな場所を通る必要があるわけ？」

増岡同志の言葉に告発者は何も言い返せない。そして、反論できない相手に追い討ちをかけるように、増岡同志が反撃を行う。

「告発のネタなら、こっちにだってあるわ。前見ちゃったんだよね。この前の東北支部への現地視察で一緒になった時、私の目を盗んで、リュックに入った私の肉体を取り出して、その写真を撮ってたの。それも、服とかをはだけさせた状態にしてさ。その写真でマスでもかいてたんじゃない？　そうだとしたら、そっちこそ規律違反でしょ。それも、私のやつとは違って、もっと無様でみっともない規律違反ね」

「ろ、論点ずらしだ！　お前は大人しく幹部を辞めればいいんだよ！　このあばずれ女‼」

「なんだって！　てめえ、もう一回言ってみろよ！」

　増岡同志が突然椅子から立ち上がり、告発者の頭蓋骨の眼窩《がんか》に指を突っ込み、思いっきり引っ張った。告発者が悲鳴をあげ、横にいた高砂同志が慌てて止めに入る。二人の突然の乱闘に部屋の中がパニック状態になる。苛立ちのままに椅子を蹴飛ばしたりするもの、喧嘩《けんか》をはやしたてるもの。さらにその混沌《こんとん》とした光景を前に、長崎同志が突然奇声をあげる。

「貴様らみたいな連中が俺は大嫌いなんだ！　イライラする！　イライラする‼　みんな出て行けよ‼」

長崎同志が頭蓋骨を両手でガリガリと引っ掻《か》き始め、不快な音が室内に響き渡る。長崎同志の言葉に、何人かの骸骨が「お前こそ出て行け」と叫びだす始末。リーダーの骸骨が慌てて立ち上がり、みんな冷静になれと大声で呼びかけるが、混乱を極め周囲に彼の言葉を聞くものはいない。

「解脱レベルを！　解脱レベルをあげるんだ、諸君‼」

しかし、リーダーの言葉は周りの喧騒《けんそう》に虚《むな》しくかき消される。各人は積もりに積もっていた不満を好き勝手に爆発させ、苛立ちという感情に突き動かされるがまま、騒ぎ立てるのであった。

＊＊＊＊

「それじゃあ、諜報活動の報告をお願いできるか？　特に、先日君が潜入した幹部会合の様子を詳しく聞きたい」

公安組織の一室。上司と思われる男が、制服に身を包んだ男性に声をかける。骸骨姿になったのはどうだったと冗談まじりに上司が尋ねると、肉体がある方が自分にはあってますと笑いながら答える。それから、骸骨倶楽部にスパイとして潜り込んでいた男が、会合で聞いた組織の動向などを資料片手に上司に報告した。

「幹部連中の印象ですか……？」

上司の問いかけに、潜入スパイは腕を組み、しばらく考え込んだ後で答える。

「終始苛立っている連中でしたね。互いに足を引っ張り合ったり、煽り合ったり、突然奇声をあげたりしてました」

「活動が上手《うま》くいかずストレスでも溜《た》まってるのか？」

「いえ、そういうわけじゃなさそうですね」

潜入スパイが首を横に振り、そして少しだけ嘲《ちょう》笑《しょう》まじりにつぶやいた。

「なんというか、ただ単にカルシウムが足りてないんじゃないですかね？」

おはよう、ジョン・レノン

夢を見た。

私は3年C組の教室にいて、窓際の席に座っている。教室の中には誰もいなくて、外を見れば青みがかった木の葉が風に吹かれてかすかに揺れていた。明かりのついていない教室は、窓から差し込む陽《ひ》の光で左半分が白く照らされ、右半分は灰色に沈んでいる。穏やかな静寂が、黒板の右隅に書かれた日直の名前が、角の塗装が剝《は》がれた机が、夢見心地の靄《もや》がかった意識をはっきりとさせていく。

「ひょっとして寝てた？　ここは夢の中なのに」

声のする方へと振り返る。私の横には志保《しほ》が立っていた。彼女の姿を見て、ああ、これはやっぱり夢の中なんだなと実感する。学校規定じゃない柄付きのカーディガンを着て、誰よりも丈の短いスカートをはいて、自分の身長と同じくらいのギターケースを背負っている、高校時代の志保。あのときのままの、私が知っている志保。左手の人差し指を無意識に机の角にこすりつける。ささくれ部分のざらついた感触が指先から伝わってくる。私の知っている現実に志保はもういない。十年前、彼女は自分で自分の命を絶ったから。

「これは夢なんだってわかる夢のことを明晰夢《めいせきむ》っていうらしいね。知ってた？」

「知ってるよ。だって、それ教えたの私じゃん」

細かいことは気にすんなって。志保がわざとらしく肩をすくめる。志保のおどけた顔に明るい日差しが落ち、深い陰影ができる。

「ここが夢の中だってことはだ、何をしたって誰からも怒られないってわけ。担任もいないし、生徒指導の笹月《ささつき》もいない。それにチクリ魔の朝岡《あさおか》だっていない」

「それは、そうだけど」

「だったらさ、こんな暗い教室にいないで、外に出ようよ」

志保が私の左手を摑《つか》む。氷のようにキンと冷たい手、その手に引っ張られて私は椅子から立ち上がる。志保が私の手を摑んだまま走り出す。かかとの潰《つぶ》れた上履きが脱げそうになる。志保の伸びた爪が手のひらに刺さって少しだけ痛む。私は志保の歩幅に合わせて走り出す。あの頃と同じように。あの日々と同じように。

十年前の文化祭のポスター。踊り場の落書き。錆《さ》びたロッカー。ひびが入ったままほったらかしにされた生物準備室の扉のガラス。廊下の窓から見える、五年前に取り壊されたはずの別棟。時が止まった校舎に、私と志保以外の人間はいない。二人分の上履きの足音だけが、小気味よく廊下に響き渡る。

廊下を走り抜け、階段を駆け上り、三階の端っこにある音楽室にたどり着く。志保が躊躇《ちゅうちょ》なく扉を開く。音楽室の中に入った瞬間、湿気と熱気の混ざった空気が私を包み込んだ。志保が窓を全開に開けると、緑の匂いを含んだ風が勢いよく吹き込み、ピアノの譜面台に置かれていた楽譜が一枚、二枚とめくれる。窓の外の澄んだ青空の上には、刷毛《はけ》ではいたような薄い雲が浮かんでいた。

「私のあだ名って覚えてる？」

志保が背負っていたギターケースを下ろしながら私に問いかける。

「ジョン・レノンでしょ。みんな流行《はや》りの音楽を聴いてるのに、志保だけは一人でビートルズとかいう古臭いバンドの曲を聴いてたから。軽音部の先輩にそう言われて、からかわれてたんだよね」

「音楽に流行ってるとか、古臭いとかないよ。あるのは良い音楽か、自分には合わない音楽か、それだけ」

志保がギターケースから中身を取り出す。表面が色焼けしたテレキャスタータイプのエレキギター。蒸発した父親が置き忘れていったものなんだよね。演奏を初めて聞かせてもらった時に、志保が屈託のない笑顔で教えてくれた。変わらないね。私がぽつりとつぶやく。そりゃ栞《しおり》の夢の中だから当然じゃん、と志保が素っ気なく返事を返す。

「私は……私は変わっちゃったよ。志保と一緒にこの高校に通ってた頃から」

志保がエレキギターをアンプにつなげ、ペグを回しながら自分の耳を頼りにチューニングを始める。弦が一本ずつ弾《はじ》かれて、輪郭の尖《とが》った音色が室内に響く。

「高校を卒業して、大学を卒業して、今の会社に入社して。嫌な目にいっぱいあって、だけど自分も同じくらい誰かに嫌なことをしてて、だけどそのことについては見て見ぬ振りをしてる。自分を守るためなら嘘だってつくし、イライラしてる時なんかは誰かの悪口を平気で言ってる。私がなりたくないって思ってた大人に、気がつけば私はなってて、だけどそれは仕方ないことなんだって必死に自分を正当化してる。学生時代さ、私、志保に憧れてたんだ。親友だったけど、それ以上に志保みたいに芯の通った強い人間になりたいって思ってた。恥ずかしいからそんなこと言えなかったけどさ。なのに今の私は、みっともない真似《まね》をしながら毎日を過ごしてる。死ぬ度胸もないくせに、自分で自分の人生を切り開く覚悟もないくせに、毎日死にたい死にたいって思いながら」

「私は栞が思ってるような強い人間じゃないよ。結局、自殺しちゃってるし」

「でも、私がもっと強い人間だったら、もっと立派に生きていけるはずだし、それに、私がもっと強かったら、志保だって……きっと……」

志保がギターから顔を上げる。憂いを帯びた瞳に、茶色がかった長いまつげが覆いかぶさっていた。夢の中の彼女に言っても意味のないことなのに、抑えられない気持ちが私の胸の奥からこみ上げてきて、溢《あふ》れる。

「ごめんね。あの時、助けてあげられなくて」

志保が力なく腕を下ろす。薄い雲に太陽が隠れて、部屋の中が陰っていく。床に落ちたギターの影が、ゆっくりと色を失い、溶けていった。志保は何も言わずに窓の外へと視線を移す。制服の首筋から少しだけ覗《のぞ》く、ただれた火傷《やけど》の跡。私は自分で自分の呼吸を止める。それくらいで志保の気持ちに近づくことなどできるはずもないのに。

「あれは自分で考えて決めたことだから、栞が気にすることじゃないよ」

志保がギターのボディをそっと手でなぞりながらつぶやく。

「仕方ないじゃん。ヒスった母親から熱湯をかけられてさ、火傷で顔と手がぐちゃぐちゃになっちゃったんだから。冷たい言い方になるかもしれないけど、栞がどんな言葉で慰めたとしても、私の気持ちは変わらなかったと思う。それは栞が一番よく分かってるでしょ？」

座りなよ。志保が近くの机の上に腰掛けながら私につぶやく。椅子を引きずる音。椅子が重みで軋《きし》む。音楽室のカーテンが風で膨らんで、しぼんで、また膨らんで。私は志保が座る机に頬杖をつく。見上げるとそこには志保の凜《りん》とした横顔があった。机にだらしなく垂れた志保の左手をそっと握る。ギターを弾くにはあまりにも小さくて、華奢《きゃしゃ》な手。

「全部が夢だったらって、いっつも思ってる」

志保が視線だけを私に向ける。

「目が覚めたら、私はまだ高校生で、こうやって机に突っ伏して寝てるの。顔を上げたら志保が呆《あき》れた顔で私を見下ろしていて、『おはよう、ねぼすけさん』って私をからかう。そしたら、私もお返しに、『おはよう、ジョン・レノン』って言い返すの。二人で意味もなく笑い合って、近くに座っていた聡美《さとみ》ちゃんとかっしーが何笑ってるのって言いながらこっちに来てくれて、そして、それから……それから……」

「……それから？」

志保がじっと私の目を覗き込む。茶色の透き通った瞳の中に私が映っているのが見えた。あどけなくて、甘ちゃんで、汚れも何もしらない、十年前の高校生の私。志保がそっと手を引っ込める。上に乗っかっていた指先が机に落ちて、コトリと小さな音を立てた。

「……目が覚めたら、忘れちゃうんだよね。志保とこうやって話してることも」

「夢ってそういうもんでしょ。少なくとも栞は私にそう教えてくれてた」

「なんで忘れちゃうんだろうね」

「ここは栞の帰る場所じゃないから」

志保が座ったままピックで弦を弾き、コードを鳴らす。たまに聴かせてくれたビートルズの曲のイントロ。取り戻せない過去と親友を思い出させるフレーズに私の胸がちりつく。もう聞き飽きちゃった？　違うよ。ただ、この曲を聞くたびにさ、志保のことを思い出しちゃって、胸が苦しくなるの。志保の左手がなめらかに動く。軽やかな電子音が躍るように響き渡る。よくそんな小さな手でギターが弾けるね。音楽なんて全然知らなかった私が、昔志保に言った言葉を思い出す。

「最初の十年は死ぬほど辛《つら》くても、次の十年はちょっとだけ気持ちが落ち着いて、それから先の十年は、きっと私との良い思い出も思い出せるようになって、そしたらまたビートルズの音楽も前みたいに聞けるようになるよ。それが成長なんだとは言わないけど、生きるってことは、そういうみっともなくて、卑怯《ひきょう》なものだと思う。自殺した私が言うのも何だけどさ、そんなシリアスになるなって」

志保がギターを弾く手を止め、私の頭に手を置く。運動で火照《ほて》った手は少しだけ温かい。思い出の中の志保は強くて、飄々《ひょうひょう》としていて、いつもこうして私に寄り添ってくれた。たくさん助けてもらったのに、たくさん慰めてもらったのに、私は志保に一体何をしてあげられたんだろう。ごめんね、助けてあげられなくて。私がもう一度その言葉をつぶやくと、しつこいなぁと言って志保が笑う。

「もしかしたら、この先生きてても良いことなんて何もなくて、ただただみっともない毎日を送るだけだとしてもさ」

志保が私の前髪をそっと指でのける。

「生きろよ」

「……うん」

まぶたが重くなっていく。もうちょっとだけ。囁《ささや》くような私の言葉に、志保が首を横に小さく振った。まぶたが落ちきって、私は机に突っ伏す。志保が私の頭から手を離すのがわかる。少しだけ間が空いてから、志保の奏でるギターの音が聞こえてくる。何ていう名前の曲だっけ。私はまどろみの中で考える。曲のテンポが遅くなっていく。ギターの音が少しずつ遠ざかっていく。断片化していく意識の中で、ギターを奏でる志保の姿が浮かび上がって、消えていった。

目を開ける。窓の方へ視線を向けると、カーテンの隙間から光の柱が部屋に注ぎ込まれていた。スマホを手にとって時間を確認する。日曜朝の七時三十分。三時間ほどしか眠れていないから身体《からだ》はだるい。それでも、不思議といつものような鬱々《うつうつ》とした気持ちではなかった。ひょっとしたらいい夢でも見たのかもしれない。私は寝ぼけ眼をこすりながらそんなことを考える。

カーテンを開けて朝日を浴びて、洗面台で顔を洗う。鏡に映った自分の顔を見てみると、目はうっすらと赤くなっていて、頬には涙の跡ができていた。よっぽどいい夢を見たんだろうな、と私は一人で笑ってしまう。散らかったリビングに戻り、コーヒーメーカーのスイッチを入れ、ラジオのスイッチを入れる。いつも聴いている番組がお休みで、代わりに若手のラジオDJの元気な自己紹介が聞こえてくる。

転がったチューハイの空き缶をゴミ箱に入れ、机の上にこぼれたお酒を拭く。DJの挨拶が終わり、曲紹介に移る。ラジオのスピーカーから聞こえてきた音楽に、私は手を止め、顔を向ける。聞き覚えのあるイントロに胸が少しだけちりつく。だけど、それは締め付けられるような胸の痛みではなくて、冷え切った身体が奥底の方から温かくなってくるような、そんな胸のざわつき。ボーカルのメロディが始まる。こんなに気分の良い朝はいつぶりだろうか。私の頰が自然と緩む。そして、私は鼻に抜けたような、優しい声のボーカルに向かって、つぶやいた。

おはよう、ジョン・レノン。

向日葵が聴こえる

弟は生まれつき耳が聞こえなかった。だけど、そのことと、僕がこの場所で歌い続けていることとの間に、一体どういう関係があるのか。僕は未《いま》だにその答えを見つけられずにいる。

いつもと同じ時間、いつもと同じ店のシャッターの前で、僕は黙々と路上ライブの準備を進める。吐息は白く、手袋越しにマイクスタンドの金属の冷たさが伝わってくる。ボディに細かい傷がついたアコースティックギターを取り出し、ペグを締めてチューニングする。顔を上げると、水銀灯の淡い青の光の向こうに、藍《あい》がかった夜空が広がっていた。帰路を急ぐ人々が寒さに背中を丸め、足早に僕の目の前を横切っていく。目をつぶって、まぶたの裏に浮かぶ光の名残を一つ一つ数えてみる。全部で三つあった光は、数えているうちに少しずつ小さくなり、姿を消す。僕は深く息を吸い込んだ。冷たい空気が肺の中に満ち、身体《からだ》がかすかに震える。ギターのネックを握りしめる力を強める。ゆっくりと息を吐き出し、僕は最初のコードをかき鳴らした。

弟の聴覚障害が発覚したのは、庭の向日葵《ひまわり》が咲きほこったある夏の日だった。病院から帰ってきた母親と父親の表情は暗く、父親に抱きかかえられた三歳の弟だけが嬉《うれ》しそうに顔をほころばせていた。お帰りなさい。僕がそう言おうとしたその時、母親は右手に持っていたカバンを壁に投げつけ、大声で奇声をあげた。そのままテーブルに置いてあった写真立てをなぎ払い、タンスの引き出しを片っ端から引きずり出してはそれらを床に叩《たた》きつけていく。

僕と父親は母親を止めることもできず、ただ黙って見守ることしかできなかった。母親はひとしきり暴れた後、手で顔を覆いながらその場に崩れ落ちる。外から聞こえてくる蟬《せみ》の鳴き声に混じって、しゃっくりのような母親のすすり泣きが部屋にこだましていた。それから母親はぽつりと、「産まなきゃよかった」とつぶやく。胸がざわつき、僕は弟へと目を向けた。目が合った弟がにこりと笑ってみせる。弟は母親のそんな言葉でさえ聞くことができないという事実を知ったのは、それから数時間経《た》ってからだった。

かじかむ手でギターの弦をかき鳴らす。お世辞にも上手《うま》いとは言えない歌声が夜の街に溶けていき形を失っていく。歌声に混じる白い息が夜空に吸い込まれていく。寒さで手の感覚がなくなっていく。指がもつれて、一瞬だけコードを間違えてしまう。それでも、手の動きは止まらなかった。何度も何度も繰り返し弾いた曲は身体と指先に刻み込まれていた。いつもと同じように、立ち止まって歌を聞いてくれる人は一人もいない。ちらりと一瞥《いちべつ》したかと思えば、不愉快そうに眉をひそめるだけ。やりきれない気持ちをごまかすために、少しだけ声のボリュームを上げる。喉に刺すような痛みが走る。声帯をすり減らすように叫ぶ歌の上に、アコースティックギターの繊細でシャープな音色が覆いかぶさっていく。

なんでそんなこともできないの。母親は弟によくそう言っていた。その時の母親は決まってニコリと微笑《ほほえ》んでいた。自分の底知れぬ苛立《いらだ》ちを隠そうとしていたからなのか、歪《ゆが》んだ悪意がそうさせていたからなのか、それはもうわからない。耳が聞こえない弟は母親の優しい表情だけを見て、優しい微笑みを返していた。

幸せものだな。僕は弟の表情を見てそう思っていた。可哀想《かわいそう》だからという理由で、母親は弟を耳が聞こえる子と同じように育てようと必死に動き回っていた。色んな学校を回って、色んな病院を回って、結局何の成果も得られずに帰宅する。それでも母親は諦められなかった。自分の部屋で声を押し殺して泣いていたかと思えば、次の日にはまたどこから聞いたのかわからない場所へと飛んでいく。自傷行動とも思える母親の行動を見ていたからこそ、僕は一層悲しかった。母親がそのような言葉をこぼしてしまうことが。弟が、その母親の真意を知ることができず、残酷に笑ってみせることが。

一曲目が終わり、少しだけ手を休める。右手を見てみると、指先が寒さで赤くなっているのがわかった。遠くから若い男女のはしゃぎ声が聞こえる。居酒屋帰りのサラリーマンのふざけた喋《しゃべ》り声が聞こえる。冬の風が商店街を吹き抜けていき、誰かが捨てたビニール袋が飛ばされていく。夜がふけるにつれ、人通りは少なくなっていく。ぐっと足に力を入れないと、この街の冷えきった底へと引きずりこまれそうになる気がした。僕はズボンの上から太ももの肉をつねる。自分がここにいることを確かめるため。自分を痛めつけるため。

誰にも言うことはできなかったけれど、僕は弟のことが大嫌いだった。弟の聴覚障害が発覚してから家庭の雰囲気は明らかに悪くなったし、母親の苛立ちが自分に向けられることもあった。だけど、ひどいことを言われても、ひどい仕打ちを受けても、いつもへらへらと笑ってみせる弟を見る度に、そんな自分の苦しみがとても小さくてくだらないもののような気がしてならなかった。僕がギターを始めたのは、決して晴れないもやもやをごまかすためだったのかもしれない。

僕が部屋で一人ギターを弾いていると、不思議と弟はそのことを察知して、僕の部屋に勝手に入ってくる。弟はそのまま目の前に腰掛け、目を輝かせながら僕の指先をじっと見つめてくる。一曲弾き終えたタイミングで僕が、なにか弾いてほしい曲があるかと手話で尋ねると、弟は決まって、向日葵の歌を歌ってほしいとリクエストしてきた。向日葵をテーマにした歌なんて知らなかったから、僕はいつも適当に自分の好きな曲を演奏した。それでも弟は嬉しそうに目を細め、一生懸命両手で手拍子をした。そのテンポのずれた、めちゃくちゃな手拍子が、今も僕の耳の奥にこびりついて離れない。

二曲目を歌い終え、三曲目を歌い始める。ビデオの早送りをしているように時間が流れ、最後の曲を残すだけとなる。身体が熱くなってきたので、ガウンを脱ぎ捨てる。ちょうどそのタイミングで北風が吹きすさび、ぞくりと快感に似た震えが身体を駆け上がった。大丈夫。両腕を手で擦りながら、自分ではない誰かに語りかけるようにつぶやいた。後悔があるとすれば、心残りがあるとすれば、それは多分、弟に向日葵の歌を歌ってあげられなかったこと。それをトラウマだとか、呪いだとかって思えれば楽になれるのかもしれない。でも、それは違う。たとえそれが事実だとしても、それは違うと僕は信じたい。左手でギターの弦を押さえる。視界の端っこで、一人の女性が立ち止まるのが見えた。僕は息を深く吸い込み、最後の曲を弾き始める。

弟は去年の夏に肺炎で亡くなった。葬式会場で母親は、弟の聴覚障害が発覚したあの日と同じくらいに乱れに乱れた。髪をかきむしり、親戚に後ろから身体を押さえられながら、獣のように泣き叫んでいた。やがて疲れ果て、よろけるように遺体が納められた棺《ひつぎ》へ寄りかかると、「馬鹿なお母さんでごめんなさい」とかすれるような声でつぶやいた。それはずるいよ。僕は喉元まででかかった言葉をぐっと飲み込み、母親の震える背中をさすった。僕は顔をあげる。満面の笑みを浮かべた弟の写真の周りを、弟の大好きな向日葵の花が囲んでいた。

静まり返った商店街に乾いた拍手が響く。僕はたった一人の観客に頭を下げ、ギターストラップを肩から外した。どうでした。世間話のつもりで何気なく彼女に尋ねてみる。彼女は戸惑いながらも、酔いで少しだけ火照った頬をほころばせながら言う。

「もちろん悪くはなかったですけど……正直、あなたよりも歌が上手い人は他にも沢山いるって感じだし、それになによりも」

少しだけ間を空けた後、彼女は少しだけ呆《あき》れたような口調で言葉を続けた。

「こんな真冬に向日葵の歌って、季節外れも良いところじゃないですか？」

その通りですね。僕は可笑《おか》しくなって、笑いを漏らす。マイクスタンドを折りたたみ、地面に脱ぎ捨てた上着を拾い上げる。ギターケースを開け、使い古され、所々穴の開いたクッションの上に自分のギターを横たえる。

「でも、一人くらい……一人くらいは、こういう町の隅っこで、季節外れの歌を歌ってる人がいても良いと思いますよ」

僕は自分だけに聞こえる声で、そうつぶやいた。女性客は背を向け、そのまま立ち去っていく。僕は彼女の背中を見送りながら上着を羽織り、その上からギターケースを背負った。ポケットに入れていた手袋を両手にはめ、無地のマフラーを首に巻く。身体を揺り動かし、疲労のせいで重たく感じる背中のギターケースの位置をずらす。イヤホンを耳にはめ、昔から聞いているお気に入りのミュージシャンのアルバムを再生する。きっとまた来週のこの時間、同じ場所で、僕は歌うだろう。それがいつまで、そして何のためなのかはわからないまま。ふと上を見上げると、水銀灯の一つが明滅し、切れかかっているのに気がつく。夜空の色は濃さをまし、星の瞬きが少しだけ良く見えるようになっていた。そして耳を澄ませばかすかに、夜空へと吸い込まれていった向日葵の歌が聴こえるような気がした。

パンクシュタット・
スウィートオリオン・
ハニーハニー

『朝の日差しが看板にぶつかれば、上下左右で電磁スペクトルが分割されます。天気は午後からセンセーショナルな舞台演劇に興奮するでしょう。南ブロック第二エリアでは食べられる定規に注目してください。それではみなさんご一緒に。おめでとうございます!』

パチリ。僕はベッドの上で目を開ける。南ブロック第三エリア七階に位置する就寝用プライベートスペース。カーテンの隙間からは穏やかな朝日が差し込んでいて、天井に設置されたスピーカーからはエリア放送が流れている。僕はベッドの上でもぞもぞと動いて身体《からだ》の体温を上げた後、えいやっとベッドから飛び起きた。

ナタネ油でできた石けんで顔を洗い、着替えを済ませる。各人に支給されている姿見の前で、くしゃくしゃになった長い髪の毛を櫛《くし》でとかしていると、ふと昨日知り合いにもらったスカートのことを思い出した。支給品である物干しスタンドにかけっぱなしになっていたギンガムチェックのスカートを手に取り、右ポケット部分に自分の番号が印字されたブローチピンを取り付ける。スカートをはいて姿見の前で一回転すると、スカートの裾が動きに合わせてひらひら揺れた。寝癖がついていないことを最後にチェックしてから、僕は部屋の電気を消し、共用廊下に出る。玄関の前には39132番がウェーブのかかった油色の髪の毛をいじくりながら、僕を待っていた。

「おはよう、20898番」

39132番が眠たげな目をこすりながら僕に朝の挨拶をする。おはようと返事を返しながら、僕は新しいスカートの裾を持ち上げ、彼女に見てもらう。

「変じゃないかな?」

「私は別にオシャレじゃないからわかんないけど、女の子らしくて可愛《かわい》いと思うわ」

「ありがとう、39132番」

チッチッと彼女が大袈裟《おおげさ》に指を振り、自分の胸に取り付けられたブローチピンを指差した。顔を近づけてよく見てみる。昨日までは39132番が割り当てられていた彼女の番号は、一つ数字がくり上がり、39131番へと変わっていた。

「昨日の夜、ずっと行方不明だった30023番の死体が東ブロック第六エリアの下水道で見つかったらしいの」

「そうなんだ」

「ヘドネズミに身体の大半を食べられて、腰から下がなくなってたらしいわよ」

「うへぇ」

あちこちが欠けた屍肉《しにく》に、生々しい断面。それに群がる濃灰色のヘドネズミの群れ。

僕は思わずその光景を想像し、声を漏らす。

「彼女は食用植物栽培塔管理班《パンクチオン》のエリートだったらしいけど」

3・9・1・3・1番がわざとらしく肩をすくめた後、どこか得意げな表情でつぶやいた。

「まさか死んでから動物《パンクシュタット》のお世話をする羽目になるとは思いもしてなかったでしょうね！」

＊＊＊＊＊

それから僕たちは一緒に南ブロック第三エリア地下一階にある食堂へ向かい、そこで遅めの朝食を取った。すりつぶした大麦とアロエを混ぜて発酵させたパイ生地に、はちみつで漬け込んだいちごを挟んだフルーツパイ。鶏の腸に食用ハムスターのもも肉とオリーブの葉っぱを詰めて一晩燻製《くんせい》した下水道ソーセージ（前から思ってたけど、ひどい名前！）。そしていつもの岩塩のスープには、僕の大好きなコーヒー豆と玄米と雑穀のシリアルが入っていた。

朝食を食べた後、僕たちは自分たちに割り振られていた仕事に取り掛かる。今日は半分が火曜日で、残り半分が土曜日だったので、結局僕と39131番が亡くなった元30023番の部屋の片付けをすることに決まった。エレベーターで連絡通路のある南ブロック第三エリアの十階に行き、動く歩道を使って、東ブロックの第三エリアに行く。そこから一度五階に降りた後で、管制交通移動監視受付の東エリア担当者からエリア通行許可状と就寝用プライベートスペースへの一時入室許可状を受け取り、亡くなった元30023番の個人部屋番号を教えてもらう。お仕事頑張ってね。気さくな受付のおじいさんが僕たちに励ましの言葉をかけてくれた。

『アメリカとパタゴニアはゲリラゲリラという証明がおはようございます。一色の色鉛筆のような国際情勢を例えるならば、それは押すとマーガリンになります。追悼！追悼！　追悼！』

エレベーターを待ちながら、39131番が防火扉の上に設置されたスピーカーを見上げる。

「東エリアの放送担当っていつのまに変わったんだろう？」

「僕たちが前来た時は別の人だったよね。渋い感じの」

「前の人より今の人が私は好きだわ。フレッシュ感があって」

ベルが鳴りエレベーターが到着する。僕たちはどのエリアの放送担当が好みかの話をしながら元30023番の部屋に向かい、部屋に到着するころには二代前の中央エリア放送担当の人が一番だという結論に落ち着いていた。

鍵を使い、部屋の中に入る。元30023番の就寝用プライベートスペースは驚くほど整頓されていた。ベッドのシーツのシワはピンと伸ばされ、床には紙クズひとつない。支給されている姿見は手垢《てあか》一ついておらずピカピカ。壁に設置された本棚には難しそうな本がびっしりと詰められていて、それでも入りきらない分の本はコンテナ風の収納ボックスの中にきれいに収納されていた。

「元30023番は几帳面《きちょうめん》な女性だったらしいわ。私は会ったことないけど、40092番……じゃなくて、40091番がそう言ってた。でも、これだけ本が多いと仕事が大変かもね。自動運転カートに十回くらい往復してもらわないといけないかも」

ベッドの下を覗《のぞ》いてみる。ベッドの下にも同じような収納ボックスが丁寧に並べられていたので、ひとまずそれらを引きずり出していく。箱の側面にはそれぞれ何が収納されているのかのラベルが貼られていて、故人の几帳面さが伝わってくる。洋服とラベリングされたボックスを見つけたので、僕は早速中を開けてみて、丁寧にたたまれた服を取り出していく。

「わー！　この下着可愛い！　見たことない柄してる！　これもらっちゃっても大丈夫かな？」

「どうせ、支給品以外は基本廃棄物エリア送りなんだし、別にいいんじゃない？」

　39131番が両手に軍手をはめながら返事をする。そのタイミングで部屋に設置されたスピーカーからエリア放送が流れてくる。

『豪雪地帯はシュガートーストの楽園です。おねしょした従姉妹《いとこ》に肘鉄を喰《く》らわせて、エンターキーで運勢を占いましょう』

　とっとと始めよっか。39131番が気怠《けだる》げにつぶやく。僕はそうだねと相槌《あいづち》を打ちながら、部屋の奥にある荷物から部屋の外へと運び出していく。本がびっしり詰まった収納ボックスはさすがに一人では持ち上げられないので、39131番といっせーのせで持ち上げる。外に運び出した荷物は自動運転カートに積み、満杯になったら一度廃棄物エリアへ荷物を捨てに行ってもらう。その間、僕たちは箒《ほうき》で床を掃き、支給品の姿見も一応研磨剤で磨いておく。しばらくすると、自動運転カートが廃棄物エリアから戻ってくるので、載せきれなかった分の荷物を載せる。その繰り返し。いつものように他愛のない会話をしながら、僕たちはせっせと作業を進めていく。

「私が死んだら、こんなふうに誰かに部屋の掃除をされるんでしょうね」

「ねー、これって支給品だったっけ?」

『放課後のキッチンにひとさじの塩コショウ。なぜならば、イヤホンが火星に繋《つな》がるからです』

「大勢いる人間のうちの一人が死んだところでこの世界は何も変わることなく動き続ける。私にとって世界は一つしかないけれど、その逆は成り立たないから」

「こんな小難しい本を全部読んでたのかな。すごいね」

『時間に落書き、空間を介護。ポイントカードはお持ちでしょうか?』

「原初的な間主観性を脱却することを、ひょっとすると功利主義的な立場からは正当化できないのかもしれない」

「うわぁ、こんなエッチぃ下着も持ってたんだ」

『下敷き！　わさび！　国際裁判‼　ごめんください！　ごめんなさい‼』

「尊重欠如が承認をめぐる闘争を生み出すのだとすれば、一定の同一性を要求せざるをえない人格に一体なんの意味があるんだろう」

「あれ？　廊下からもエリア放送の声が聞こえてこない？」

　僕と39131番は手を止め、耳を澄ましてみる。スピーカーから流れるエリア放送とともに、同じ声が廊下の壁に反響して聞こえてくる。僕たちは作業を中断し、慌てて廊下へ出る。右方向へ目を向けると、ちょうど拡声器を手に持ったエリア放送担当が肩をいからしてこちらへ歩いてくる最中だった。僕たちと同い年くらいの少年で、髪はポマードでギチギチに固めていて、白と黒のストライプ柄のシャツは第一ボタンまできっちりと留めている。僕たちは玄関の前で並んで立った。放送担当が僕たちの前で歩みを止め、左のかかとを軸にくるりとこちらへ振り向いた。狭い廊下で、僕たちと拡声器を握ったままのエリア放送担当が向かい合う。

『大きくなったものがゴーヤと新郎新婦でごめんなさい。卵をケーブルで溶いたら、ビリビリビリビリ電流が腰痛になります。これは初耳ではありません。朝が来たら金曜日になって、イギリスの妹が目隠しをしています』

エリア担当が息継ぎのためにすうっと息を吸い込む。

『それではみなさんご一緒に』

僕と39131番が声を合わせて叫ぶ。

「『おめでとうございます‼』」

＊＊＊＊

今日は久しぶりに星でも見ない？　最後の荷物とゴミを自動運転カートに積み終わ

ったタイミングで、39131番がそう提案する。残りの後片付けを済ませ、南ブロック第三エリアに戻って夕食を取る。それから僕たちはエレベーターで最上階に向かった。開けた天窓で覆われた最上階フロアには誰もいなくて、空調の調子が悪いのかほんの少しだけ肌寒い。三列に並べられた長椅子の間を縫うように奥へ進んでいき、一番隅っこの長椅子に二人並んで座る。僕たちは身体をくっつけ合って顔を上げる。天窓の向こうに広がる夜空には、フロアの白昼色の照明にも負けないくらいに色鮮やかな光が瞬いていた。

「ねえ、あっちの方角にさ、砂時計の形をした星があるのが見える？」

「どこ？」

「端っこが黒ずんでる窓の少し右」

「ああ、あれのこと？」

僕が指をさし、39131番が小さくうなずく。

『クロワッサンの生地に机とテーブルが挟まりました。逃げてください、逃げてください。太陽系は在庫切れで、桶《おけ》屋がタンクトップのピラニアに舞い上がっています。ウーウーウー』

入り口近くに設置されたスピーカーからエリア放送が聞こえてくる。

「なんかの本で、あそこらへんの星を繋げると、人の形になるとかって聞いたことがあるわ」

「どこをどう繋げるの？」

「あんまり覚えてないけどあそこの星が腕で、砂時計のてっぺんが顔で……あとは忘れた」

「人には見えないよ」

「そうね」

「あれが人に見えるなんて、どうかしてるよ」

「ホント。どうかしてるわ」

身体をもぞりと動かす。左の肘が39131番の腰にあたる。僕は頭を彼女の肩にのせた。彼女のかすかな吐息で前髪が揺れる。

「月と狩りの女神であるアルテミスと仲の良かったオリオンに、アルテミスの兄アポロンが嫉妬して、二人を引き離そうとした」

「どうしてあんなにたくさんのお星様があるんだろうね」

『夕闇に沈めばあじさいの花園。トリップハイに苛《さいな》まれて豪速球。そういえばしたたかなパンダがカリフォルニアで殺されました。一生懸命頑張りましょう』

「海から出ていたオリオンの頭を黄金の岩だと嘘をついて、アポロンは妹のアルテミスに弓を射らせた」

「ねえ、あそことあそこの星を繋げたらマグカップに見えてこない？」

『自動販売機を奏でることになりましたので、白線の内側までお下がりください。シャケの王様が殺されたのは、耳鳴りに混じった波の音に慢性的な肩こりがしていたからだそうです』

「アルテミスが放った矢でオリオンは死んでしまった。愛する人を自らの手で殺《あや》めてしまったアルテミスは嘆き悲しみ、ゼウスに頼んで彼を星座として夜空に上げてもらった」

「明日は今日もらった新しい服を着てくるね。きっと今はいてるスカートに似合うと思うの」

『メープルシロップに歯磨き粉を混ぜて、火力発電所を組み立てましょう。空が晴れているからといって、それがアイロン掛けであるとは言い切れません。保存しましょう、保存しましょう』

「ねえ、ちょっとだけいい？」

「どうしたの？」

『夜の冷蔵庫、耳たぶの火炎放射。ぐーるぐるぐる、ぐーるぐるぐる。そろそろお腹《なか》が空《す》いてくるのでは？』

「手を握ってもいい？」

「そんなのいちいち聞かなくてもいいのに」

『星屑《ほしくず》は靴紐《くつひも》で結んでおきました。海底の泥は梟《ふくろう》のくぼみに入れておきました。でも、果たしてそれは本当にチワワなのでしょうか？』

「何よ、にやにやしちゃって」

「ううん、別に。でもさ、僕はあんま頭良くないから難しいことはよくわからないけど……」

あ、流れ星。391331番が星空を指差してつぶやいた。視界の隅で一瞬だけ白い光の筋がきらりと瞬いて消える。僕たちは流れ星が消えた場所をじっと見つめた。吸い込まれそうになるほどに濃い藍《あい》色の空は、とても綺麗《きれい》で、だけどなんとなく悲しかった。ごめん、何か言おうとしてた？　391331番が星に目を向けたまま聞いてくる。別に大したことじゃないよ。僕は断りを入れてからささやく。

「できるかどうかは別として、ずっと一緒にいられたらいいね」

391331番が何も言わずにうなずく。僕たちはさっきよりも身体をくっつけあう。静かな最上階フロアに調子の悪そうな空調の駆動音が響く。握られた手がちょっとずつ二人分の体温で温められていく。小さく息を吸い込む音がしたあとで、スピーカーからエリア放送の潑剌《はつらつ》とした声が聞こえてくる。

『それではみなさんご一緒に』

僕は夜空に顔を向け、ゆっくりとまぶたを閉じる。まぶたの裏では光の残滓《ざんし》がチカチカと光っていて、夜空の中に包まれているかのようだった。そして、そんな心地よい微睡《まどろみ》の中で、いつものエリア放送の音が、こだまする。

『おめでとうございます！』

幼馴染証明書

「それでは今から、『幼馴染《おさななじみ》証明書』発行手続きのために、いくつか質問をさせていただきます。準備はよろしいでしょうか？」

市役所の一室。部屋の中を区分けするブースの中で、向かいの席に座った女性の市役所職員が、私とタケトにそう尋ねる。私の横に座るタケトが面倒くさそうに「はぁ」と返事をする。あまりのやる気のなさに私は苛立《いらだ》ち、タケトの脇腹を強めに小突いた。

「ちょっと。証明書が発行されたら補助金を貰《もら》えるんだからさ、もっと真面目にやってよ」

タケトが私の方を見て、はいはいと相槌《あいづち》を打つ。それでも、補助金という言葉に気が引き締まったのか、少しだけ背筋を伸ばし、椅子の背もたれから背中を離す。職員は表情を変えることなく始めますねと小さくつぶやき、手元の資料をめくった。

「まずは、佐々木《ささき》タケトさんと相原希美《あいはらのぞみ》さんの交友期間からお伺いします。申請書類によると、お二人は現在市内の県立高校に通う同い年の高校生で、知り合ったのは幼稚園児の時。なので、交友期間は十二年ということでよろしいでしょうか？」

「あれ？　私たちが一緒になったのって小学校の時からじゃなかったっけ？　家は近所だけど、幼稚園は別々のところに通ってたじゃん」

タケトが事前に記入してくれていた申請書類の内容に私は首を傾《かし》げる。幼稚園は別々だったけど、町内会の祭りなんかでつるんでただろ、とタケトが説明する。タケトの言う通り、小さい頃から町内会のお祭りには参加してたけど、タケトと一緒に遊んだ記憶が私にはない。本当にその頃から遊んでたんだっけと私はもう一度確認してみる。

「葉山《はやま》のおっちゃんと行った肝試し」

「え？」

「覚えてないのかよ。祭りの準備の後さ、俺と希美と他の町内会のメンバーとでさ、肝試しをしたじゃん。そのとき、張り切った葉山のおっちゃんの仕掛けがあまりにも怖すぎて、希美が笑えないくらいの悲鳴をあげちゃってさ、偶然近くをパトロールしていた警官が何事かって駆けつける騒ぎになったやつ」

タケトの言葉で、記憶がフラッシュバックする。日が沈んだ後の真っ暗な公園。私はタケトらしき男の子と手をつないで歩いていて、そこに突然草陰から姿を現した、特殊メイクをした葉山のおじさん。思い出が蘇《よみがえ》るとともに恥ずかしさが一気にこみ上げてきて、そんな思い出ないから！　と私は慌てて否定する。小学生からなので十年の付き合いですと私が語気を強めに訂正すると、職員は十年以上であれば評価点として変わらないのでどちらでも大丈夫ですよと事務的に答えた。

「時間も限られていますので、先に進めますね。次はお二人のご両親との関係についてお聞きします」

「どうって言われても……別に普通の付き合いだよな」

「まあ、そうだよね」

私とタケトがお互いに顔を合わせて頷《うなず》きあう。

「ご両親との仲は幼馴染証明の審査において大変重要な要素ですので、もう少し詳しくお伺いしたいですね……。具体的なエピソードや、お互いの両親からどのように見られているのかが分かれば、審査がやりやすくなるんですが」

私とタケトが顔を見合わせ、何かないかとお互いに尋ねあう。昔から付き合いはあるものの、よく一緒に食事をするといったありふれたエピソードしかない。タケトも腕を組みながら、記憶を絞り出そうとしているが、唸《うな》り声以外に何かが出てくる様子はない。補助金がかかってるんだから頑張ってよと私が横から応援してみるが、タケトは顔をしかめて別に普通だよなとつぶやくだけだった。

「些細《ささい》なことでも大丈夫ですよ。例えば、お相手のご両親とこんな話をするとか、お相手のご両親からいつもこんな言葉をかけられるとか」

「タケトのお母さんとは近所でよくすれ違ったりするんですが、そのときに長話することはありますね。『希美ちゃんがうちのバカと結婚してくれたら幸せなのに』とはよく言われますけど、結局はからかわれてるだけですし」

「なるほど。いいですね、いいですね。希美さんはタケトさんの母親からそのように言われていると。では、タケトさんはどうですか？」

「俺もそんな感じですね。希美の親からうちの娘と結婚してくれとからかわれることはありますけど、別にそれも何か特別ってわけでもないですし」

職員がなるほどなるほどと相槌を打ちながらメモを取る。小さなスペースに先ほどの私たちの会話を丁寧な字で書き終えると、満足げな表情で書類をめくり、次の質問へと移る。

「次はお二人の関係性についてですね。今現在の関係だけではなく、知り合った当初からどのように移り変わってきたのか、その変遷みたいなものを詳しくお聞かせください。例えばですね、小さい頃はお互いの家に宿泊したりする仲だったけれど、最近はあんまり二人で遊んだり、家に遊びに行ったりしなくなったとかそういう感じのことです」

職員が少しだけ身体《からだ》を前のめりにして聞いてくる。私は記憶をたどりながら、何とか質問に回答する。

「お泊まりなんかは、確かに小学生の時はよくありましたよ。親だけで出かける用事があった日とかは、家が近所だっていうのもあって、タケトの家に泊まらせてもらったりしました。でも、最近はそういうのもないですね……。私は別に構わないんですが、タケトが嫌がるから」

私がちらりと隣を見ながら答えると、タケトが不機嫌そうな表情を浮かべる。

「別に嫌がってるっていうわけじゃないけどさ。ただ……もうお互いに高校生だし、昔みたいに気軽にお互いの家に泊まるのはなんか気が引けるし」

「別にうちら家族みたいなもんじゃん。何今更気を使ってるわけ？」

私がタケトに言い返す。何でなんですかと職員もタケトに尋ねる。

「そりゃ気を使うだろーが。昔みたいに下着で家の中うろつかれたら迷惑だし」

「そんなこと高校生になってするわけないじゃん。というか、何意識しちゃってんの」

「意識しちゃってるんですか、タケトさん。ここは大事なところですよ」

「それは……」

追い込まれたタケトが私から顔をそむけながらつぶやく。

「そりゃ意識するだろ。異性としてこっちは見ちゃってんだから」

タケトの言っていることが理解できず、私は一瞬固まってしまう。しかし、その言葉の意味を理解した瞬間、私の顔が信じられないくらいに熱くなる。職員はタケトを一瞥《いちべつ》した後で、私の方へと視線を向けた。

「タケトさんはこう言っていますが、希美さんはどうなんですか？」

「え、いや。そ、そんなこと急に言われても、ピンとこないというか、ほら、私たちってずっと幼馴染ってことでよろしくやってきたわけで、それが一番楽しいっていうか、安心するっていうか」

「じゃあ、ずっとこのままの関係でいいってことかよ」

「いいってことなんですか、希美さん？」

「そ、そういうわけじゃないけど。確かに、一緒にいて楽しいなって思うし、波長も合うし、付き合ったら楽しいだろうなって思ったことも無きにしもあらず……って、さっきから何言ってんの、私！」

タケトが身体ごとこちらに向き直り、私を問い詰めてくる。職員もいつの間にかメモを取ることを止めていて、後戻りできなくなったタケトをさらに煽《あお》る。

「ここがたたみ掛けどころですよ、タケトさん」

「誤魔化《ごまか》しなしで、どう思ってんのかここではっきりしてくれよ」

「ちょっと、本当にタンマ！　ほら、今日はさ、幼馴染を証明するために来たんでしょ？　ただ幼馴染ってことを証明して、補助金をもらおうっていう心づもりで来たわけじゃん？　だから、心の準備ができていないというか。えっと、その、自分の気持ちはちゃんと言うからさ、少なくとも、こんな市役所で言う必要はなくない？」

私はそう言って周りを見回す。部屋の中には、同じように幼馴染証明の審査が行われているブースが他にもちらほら。私と同じように周囲を見回した後で、タケトがようやく引き下がる。私たちは幼馴染です、と私は職員に宣言し、この話題を強引に終わらせる。職員はにやにやと笑いながらメモを取り、それでは次の質問に移りますねと事務的な口調で言葉を続けた。

さらにいくつかの質問に答えた後、すぐに審査の結果が出ますので待合室でお待ちくださいと促される。私たちは待合室に戻り、審査の結果を待つ。三十分ほどして私たちの名前が呼ばれ、質疑応答を行った先ほどのブースへと案内される。

「佐々木タケトさんと相原希美さんの幼馴染認定ですが、厳正なる審査の結果、不適当という結果に至りました。大変申し訳ございません」

私とタケトが顔を見合わせる。しかし、すぐさま職員は「幼馴染証明書の発行はできませんが、代替としてこの証明書の発行が認められました」と私たちに伝えると、クリアファイルから一枚の紙を取り出し、テーブルの上に置いた。私たちが身を乗り出して、書面の内容を確認する。その書類の一番上には、このような文字が書かれていた。

『恋人証明書』

何か質問はありますか？　職員が私たちに尋ねる。私は状況が理解できていないまま、パッと頭に思いついた疑問を口にする。

「ちなみにこれって、補助金とか出るんですか？」

精神年齢10歳児

「五年二組に転入してきた内藤健治です。身体年齢は三十九歳で、精神年齢は十歳です。お母さんからは健ちゃんと呼ばれています。みんなと早く仲良くなれるようにがんばります」

健治が黒板の前で自己紹介を終えると、クラス内が好奇心と興奮で騒がしくなる。

「はーい、拍手〜」と担任の三沢《みさわ》先生が手をたたき、それに合わせて児童が一斉に拍手を行った。健治が深々と頭を下げる。少しだけ薄くなった頭部を見たクラスメイトが、健治の頭を指差し、隣に座る友達に見てみろよと笑いをこらえながらささやいた。

「この内藤健治くんは確かにみんなより身体《からだ》は大きいですけど、精神年齢はみんなと一緒です。だから、そのことについてからかったりしないように。じゃあ、みなさん、健治くんと仲良くしてあげてくださいね」

児童たちが元気よく返事をする。健治は三沢先生が指差した一番右奥の机へと窮屈そうに身体を細めながら進んでいく。そして、小さな椅子によいしょと腰掛け、大きく息を吐き出した。それからいつも通りのホームルームが終わり、休み時間になる。

チャイムが鳴り終わるやいなや、好奇心に駆られた他のクラスメイトが近づいてきて、健治を取り囲んだ。

「健治って、前はどこの学校にいたの？」

「えっと、えー、先月までずっと家にこもってたから、学校には行ってないんだ」

「健治、お前の頭ハゲてんじゃん。ちょー面白い。見せて見せて！」

「え、あ、うん。へへへへへ」

健治が言われるがまま頭を下げる。クラスの男子が健治の頭を掴《つか》み、覗《のぞ》き込むようにして頭頂部を見る。そして、大きな笑い声をあげ、「ハゲだハゲだ」と楽しそうに笑い出す。他の男子も興味津々に健治の頭を覗き込み、同じだけ大きな笑い声をあげる。健治は少しだけ反応に困りながらも、愛想笑いにも似た笑みを浮かべていた。

「ちょっと、男子。転入生の健治くんをそんなに笑ったら可哀想《かわいそう》でしょ！　さっきの先生の言葉聞いてなかったの⁉」

様子を見かねた学級委員長の三島愛子《みしまあいこ》が注意する。

「先生は身体が大きいことを笑っちゃ駄目としか言ってませーん。ハゲを笑っちゃ駄目なんて一言も言ってませーん」

「そういう問題じゃないでしょ！」

話にならないと判断した愛子が健治の太くて大きい右手を掴み、男子の輪から強引に外へと連れ出していく。その様子を見た男子が拙《つたな》い口笛で二人を囃《はや》し立てる中、愛子と健治は教室の外へと出た。扉をくぐる際、背の高い健治が頭を軽くぶつけ、小さなうめき声をあげる。廊下に出ると愛子はぱっと健治の手を離し、健治に向かい合ってじっと目を見つめた。健治は自分よりも一回りも二回りも小さな愛子に見つめられ、少しだけドギマギしながら目を逸《そ》らす。

「あ、ありがとう。わざわざ助けてくれて……」

「健治くんもさ、ああいうときはちゃんと言い返さないと駄目じゃん。そうじゃないとあいつら馬鹿ばっかりだから、つけあがるだけだよ！」

健治がごめんなさいとあからさまに落ち込んだ様子で返事をする。「わかったなら、良し」と愛子は優しく健治の腰のあたりをぺしんと叩《たた》き、学校の中を案内してあげると提案する。健治も愛子が本気で怒ってはいないことを悟り、元気よく相槌《あいづち》を打つ。

それから健治は愛子に引き連れられ、楽しそうに校内を回っていった。

初めはハゲだハゲだとからかわれていた健治だったが、時間が経《た》つにつれ、次第にクラスメイトたちとも打ち解けていった。徒競走も速く、テストの成績もクラスで上から三番目に入るほど。また、健治はクラス内で流行していたカードゲームのレアカードをクラスのみんなに見せびらかしたり、学校のトイレでこそこそとアダルトな雑誌を他の男子に見せてやったりすることで、クラス内で確固たる立場を築き上げていた。

四十年近く、周囲から浮いた存在として生きてきた健治にとって、この五年二組は新しい居場所だった。健治の日常は笑いで満ちており、毎日学校に行くのが楽しくて仕方がなかった。しかし、健治の充実した毎日は突如として終わりを迎えることになる。

ある日の昼休み。外でのドッジボールから戻った健治が自分の机の引き出しに手を突っ込むと、そのまま顔を強張《こわば》らせ、がさごそと引き出しを漁《あさ》り始める。クラスの他の男子が何事かと健治に視線を向ける。そして、健治は突然椅子から立ち上がり、青ざめた顔でこう叫んだ。

「ない！　僕のレアカードがない！」

健治の声に教室内の注目が集まる。健治は再び机の中に手を突っ込み、さらには後ろにかけていたランドセルをひっくり返し、しまいには許可を取らないまま隣の席の引き出しをまさぐり始めた。

「盗まれた！　クラスの誰かに盗まれたんだ！」

「そんなわけないだろ。もっとちゃんと探してみろよ」

「違う、盗まれたんだ！　誰だ！　僕のカードを盗んだのは‼」

健治は声をかけてきたクラスメイトをぎょろりと睨《にら》み返し、お前が盗んだのかと怒鳴り散らす。疑いをかけられた男子がふざけるなと言い返すと、健治は彼を思いっきり押し倒す。一回りも身体の大きい相手に突き飛ばされ、クラスメイトが派手に転んでしまう。しまったと健治が思ったときにはもう、教室は静まり返り、先ほどまでは同情を示していたクラスメイトは一人残らず冷ややかな目で健治を見つめていた。

「なんだよ、みんな。僕が……僕が悪いわけじゃないだろ。僕がみんなより年齢が上だからって馬鹿にしてるのかよ」

その時、先ほどまで健治と外で遊んでいた一人が恐る恐る声を出し、カードの件だけど、さっき健治くんがポケットに入れてなかったっけと尋ねる。健治はハッと何かを思い出し、みんなにばれないようにこっそりズボンのポケットへと手を突っ込む。指先がカードに触れるやいなや、健治の顔色が真っ青になっていく。

「……謝れよ」

先ほど押し倒された男子が起き上がり、健治にそう言った。健治は手をポケットに入れたままその場で固まり、かすれるような声で謝るもんかとつぶやいた。謝れば済む話だろと詰め寄られると、健治は唇を嚙み締め、右足を小刻みにゆすり始める。そして、助けを求めるように周囲をキョロキョロと見回し、ふと学級委員長の三島愛子と目があう。健治は助けてくれと言うのではなく、ただただすがるような目で愛子を見つめた。

「健治くん……ここは謝ったほうがいいんじゃない？」

根比べに負けた三島愛子が健治に謝罪を促す。しかし、健治は愛子のその言葉が信じられないかのような表情を浮かべながら、「なんで三島さんがこんなガキの味方するんだよ」と一際大きな声で叫ぶ。

「三島さんは、三島さんはいつだって僕の味方だろ⁉」

「なんでって……どう考えても、健治くんのほうが悪いのは明らかだし」

「違う違う！　三島さんって僕のことが好きなんでしょ？　だったらなんでこいつの肩を持つんだよ！」

健治の言葉に愛子の表情が固まる。

「僕のことを好きじゃなかったら、こんなに僕のことを庇《かば》ったりなんかしないし、こんなに他の人に注意をしてくれたりしないし、それに、僕がこのクラスに転入してきたときだって、僕のことを好きじゃなかったら校内を案内してくれるわけなんてないし……」

「何言ってるの健治くん……。私は学級委員長だから男子を注意しているだけだし、それに校内を案内したのも、先生からお願いされたから案内しただけだったし……」

今度は健治の表情が固まった。愛子の言葉が信じられないといった様子で、みるみるうちに顔が真っ赤になっていく。周りのクラスメイトが健治に隠れてこそこそ笑いだす。その嘲笑《ちょうしょう》が健治のプライドを木《こ》っ端微塵《ぱみじん》にしていく。

「よくも……よくも僕を騙《だま》したな！」

今までクラスメイトの誰も聞いたことのないような、悲鳴にも似た叫び声が教室内にこだました。健治は顔を手で覆い、「嫌だ嫌だ」と泣き声をあげ始める。床に仰向《あおむ》けに転がり、手足をばたつかせ、周りにある机や椅子を勢い任せに蹴飛ばしていく。愛子やクラスメイトは困惑の表情を浮かべ、互いに顔を見合わせる。そのうち、気を利かせた一人が教室を飛び出し、担任の先生を呼びに行った。その間も健治は赤子のようにダダをこねながら、時折雄叫《おたけ》びにも似た泣き声をあげるのだった。

翌日。健治が小学校に登校することはなかった。少しだけ罪悪感を感じたクラスメイトが担任に健治の状態を尋ねたが、担任はただ転校することになったとだけしか答えてくれなかった。

＊＊＊＊＊

今度はうまくいくだろうか。いや、大丈夫だ。五年二組はまだ自分には不相応だったけれど、きっとここでは上手《うま》くいくはずだ。健治は少しだけ緊張しながら前に一歩踏み出した。そしてそれから、周りをぐるりと見回し、大勢の人が見守る中で自己紹介を行った。

「はじめまして、ないとうけんじです。からだねんれいはさんじゅうきゅうさいで、せいしんねんれいはごさいです。ママからはけんちゃんとよばれています。はなぐみのみんなとなかよくなれるようにがんばります！」

出産拒否

「妊娠六年目にもなると色々と生活が大変でしょう」

定期健診で産婦人科医院を訪れた私に、担当医の柳《やなぎ》先生が顔をほころばせながらそう言った。私は臨月を迎えた妊婦よりも一回りも二回りも出っ張ったお腹《なか》を撫《な》でながらそうですねと相槌《あいづち》を打つ。そして、二十キロ近くまで育ったお腹の中の我が子に対し、柳先生にご挨拶するように促した。

「こんにちは、先生」

「はい、こんにちは。タクミくん」

先生が私のお腹の中から聞こえてきた潑剌《はつらつ》とした挨拶に返事を返す。そして、後ろの看護師からカルテを受け取り、メガネを外してパラパラとめくり始める。

「今回の健診の結果なんですが、特に異常は見られませんね。少々身体《からだ》は小振りですが、脳の発達にも影響は見られませんし、こうして言葉も喋《しゃべ》れる。まだ生まれていないということを除けば、健康な五歳児と変わりはないと言っていいでしょう」

柳先生はカルテを机の上に置くと、出っ張った私のお腹に顔を近づけて、タクミに話しかける。

「タクミくんはまだお外の世界に生まれてくるつもりはないのかな？」

「僕、まだ生まれたくない」

タクミの返事に柳先生が「いやあ、タクミくんは賢い子ですね」と笑い声をあげる。

そのままメガネを掛け直し、その分厚いレンズを通してじっと私の目を見つめた。

「笹中《ささなか》さん、どうして赤ん坊が十月十日経《た》つと生まれてくるか知ってます？」

なんででしょうと私が小首を傾《かし》げる。

「赤ん坊はね、世間知らずということもあって、この世界が素晴らしいものだと勘違いしているんです。だから、出産に耐えられる身体になるとすぐに自分から生まれてこようとするんです。生まれ出る世界がどんなものか本当に知っていたら、誰が進んで生まれようとすると思います？　その点、タクミくんは賢いですな。世間というものをお腹の中にいながらにしてわかっていらっしゃる」

タクミが賢い。我が子が褒められ、気分が良くなる。まあ、気長に待ちましょう。

柳先生は特別な栄養剤の処方箋にサインをし、私に手渡す。

「健診はこれで終わりです、いつものように受付窓口で薬を受け取ってください」

私は先生に頭を下げた後、重たい身体を持ち上げ、診察室を後にした。

＊＊＊＊＊

「すごく、おなかが大きいね」

待合室のソファに腰掛けている時、私とタクミは隣に座る可愛《かわい》らしい女の子に話しかけられた。肩辺りまで伸びたセミロングの黒髪に、子供らしいまん丸で大きな瞳。可愛らしいピンクリボンのTシャツの袖からは細くて白い腕が覗《のぞ》いていた。私がそうだねと笑いながら返事をすると、隣に座っていた彼女の母親らしき人物がにこりと微《ほほ》笑《え》み返す。

「なん歳なの？」

「妊娠六年目だから、もう五歳くらいかな」

「そうなんだ！　七海《ななみ》も五歳なんだよ。おなじだね」

七海と名乗った女の子が私のお腹に顔を近づけ、タクミに話しかける。

「お名前はなんていうの？」

「タクミくんっていうのよ」

シャイで恥ずかしがり屋のタクミに代わって私が答えてあげる。七海ちゃんが可愛らしい声で「初めましてタクミくん」と言うと、お腹のタクミは少しだけうわずった声で「は、初めまして」と挨拶を返した。タクミを安心させるため、私はお腹を優しく撫でながら大丈夫だよとささやく。

七海ちゃんと彼女の母親としばらく会話をし、偶然にも彼女がご近所さんで、同じ小学校の校区内に住んでいることがわかった。七海ちゃんは目を輝かせながら、「だったらタクミくんも、七海と同じ小学校に通うんだね」とはしゃぎ声をあげる。

「タクミくん、同じクラスになったら、いっぱい遊ぼうね」

「う、うん……」

そのタイミングで七海ちゃん親子の診察番号が呼ばれ、母親が慌ただしく七海ちゃんと一緒に立ち上がる。七海ちゃんはバイバイと私たちに手を振り、母親の手に導かれるまま受付の方へと去っていった。私は七海ちゃんの姿が見えなくなるまで手を振り、姿が見えなくなったところで可愛い子だったねとお腹のタクミに語りかける。

「ママ……七海ちゃんってどういう子だった？」

お腹の中からタクミが質問してくる。その言葉に私の胸がざわついた。タクミがこうして私や家族のこと以外について質問をしてきたこと自体が初めてだった。私は自分の気持ちを落ち着かせながら、どこにでもいる普通の女の子よとだけ答え、出っ張ったお腹をさすり始める。

「僕が生まれて同じ小学校に行ったら、七海ちゃん、僕と一緒に遊んでくれるかな?」

タクミのその言葉に思わず手が止まる。私は小さく息を吸い込み、できる限り優しい言葉で返事を返した。

「馬鹿ねぇ、そんなわけないじゃない。あんなの適当に言ってるに決まってるでしょ」

お腹の中でタクミが小さく身体を動かすのを感じた。それから少しだけ黙り込んだ後、「そっか」というつぶやきが聞こえてくる。

「ママはタクミくんよりもずっと色んな人を見てきたからわかるけど、ああいう女の子は誰に対してもやさしくして、人を勘違いさせてしまうだけの悪い子なの。タクミくんみたいな良い子を無邪気にもてあそんで、自分が悪く言われたら泣いて周りに助けを求める、そんな性格の子よ、きっと。タクミくんは他の子供なんかよりもずっと賢いからママの言うことわかるわよね?」

タクミがうんと返事をする。

「タクミくんはタクミくんが好きなだけずっとママのお腹の中にいていいんだからね。ママはタクミくんが大好きだから、無理してお外に出そうなんて思ってないの。外の世界は怖いし、お腹の中にさえいれば、ママがタクミくんのことをずっと守ってあげるからね」

私の言葉にタクミからの返事はなかった。私は念を押すようにして言葉を続けるが、タクミは無言を貫いている。

「ねえ、タクミくん聞いてる？　ママ、何かタクミくんを怒らせるようなこと言った？　ねえ、タクミくん。ママを怖がらせないで」

しかし、どんなに懇願しても、どんなに口調をきつくしても、タクミからの返事は返ってこない。背中に一筋の冷たい汗が伝っていく。身体全体が急にだるくなり、奇妙な寒気を感じ始める。私の身体に、いやタクミの身体に何か異変が起きている。妊婦ならではの勘がそう告げている。

私は重たい身体にむち打ち、柳先生の診察室へと走って戻った。先生は驚きの表情を浮かべたが、私のただならぬ様子から状況を理解し、すぐさま緊急の診察を行ってくれた。脈を取り、触診を行い、最後に超音波検査をする。永遠かと思われたような時間を経て、柳先生が私の名前を呼んだ。

「いや、しかし……。賢すぎるというのも問題ですな」

柳先生は気まずそうな表情を浮かべながら、おずおずとモニタの画像を指し示す。

そして、その画像を見た瞬間、私は悲鳴をあげた。そこに映っていたのは、へその緒を引きちぎり、それで自分の首を絞めているタクミの姿だった。

不倫と花火

「別に好きなもの注文していいんだよ。部活終わりでお腹《なか》も空《す》いてるだろうし、自分の父親の不倫相手にさ、そんな気を遣うのも馬鹿らしいでしょ？」

向かいの席に座る橋本美香《はしもとみか》が屈託のない笑顔で話しかけてくる。ファミレスのメニュー表をテーブルの上に広げ、これなんて美味《おい》しそうじゃない？　と浮かれた声で笑う。会社帰りの橋本さんはオフィスカジュアルな格好をしていて、年齢は二十代半ばくらいで、薄化粧で、そしてそれから、私の父親と不倫をしている。不倫相手の娘になんでそんな軽口が叩けるんだろう。私は彼女の緊張感のない態度に無性に腹が立ってきて、彼女に了解を取らないまま乱暴に注文ベルを鳴らした。厨房《ちゅうぼう》から一人のウエイトレスが駆け寄ってきて、注文を聞いてくる。

「この一番高いステーキセットと、一番高いパフェをお願いします」

「んー、じゃあ、私はコーヒーだけでいいかな。あと、パフェはセットを食べ終わるタイミングで持ってきてもらえますか？」

ウェイトレスが注文を繰り返し、テーブルから立ち去っていく。可愛《かわい》らしいエプロン姿を目で追いながら、私たち二人がどのように映ったんだろうとふと考えてしまう。仕事帰りのＯＬと、部活終わりの女子高生。歳《とし》の離れた姉妹か、叔母と姪《めい》っ子。傍《はた》からみればそんな風にしか見えないだろうし、少なくとも、娘とその父親の不倫相手だとは思いもしないだろうな、きっと。

「何でわざわざこんな場所で話さなくちゃいけないんですか」

私はキンキンに冷えた水に口をつけてから、できるだけ相手を威嚇するような口調で尋ねる。

「だってさ、偶然すれ違った私を捕まえて、話があるって言ってきたのは真波《まなみ》ちゃんでしょ。外は蒸し暑いしさ、冷房の効いたどっかの店の中の方がいいかなと思って。高校生だから、カラオケとかの方が良かった？　真波ちゃんってバンドをやる部活に入ってるんでしょ？　ほら、なんていうんだっけ、吹奏楽部じゃなくて、ほらあれ、なんとか部」

「軽音部です！」

そうそう。橋本さんが笑いながら、手元のグラスに入った氷を指先でくるくる回す。側面についた水滴がグラスを伝って滴り、テーブルに小さな水の溜《た》まりを作る。カラカラ、と氷同士がぶつかる音が、静かなレストランにやけに響く。

「私も驚いちゃったよ。会社帰りに駅前の信号待ちしてたら、知らない女子高生に突然袖を引っ張られたんだから。真司《しんじ》さんから娘さんがいるっていうのは聞いてたけど、顔は知らなかったからさ、新手の宗教勧誘かと思っちゃった。私ってそういうのに目をつけられやすいタイプなんだよね、何でかはわからないけど」

「不倫をするような尻軽女だからじゃないですか？」

「おぉー、言うねぇ真波ちゃん」

自分の皮肉が軽く受け流され、私は少しだけむっとする。驚いたのはこっちも同じだった。仕事ばかりの父親とろくに会話をすることはないし、両親の関係は物心がつくころからずっと冷め切っていた。それでも、私と、母親と、父親、それぞれがそれぞれの役割をきちんと果たして、家族という秩序を守ってきた。愛なんてないし、お世辞にも素敵な家庭とは言えないかもしれないけれど、私の家はそれなりにやってきたはずだった。

そんな日々の中で、父親と母親の間にどこか不穏な雰囲気が流れ始めたのはつい数ヶ月前のこと。自分が知ったところで何かができるというわけでもないし、冷め切った夫婦関係に今更首を突っ込んだって何の意味もない。家の中に充満する張り詰めた空気に胃をキリキリさせながら、私は自分にそう言い聞かせていた。だけど、ある日。

真夜中に目を覚まして、水でも飲もうとリビングに降りていった時、ふと机の上に置かれた父親の携帯に気がついた。浴室からは、夜遅くに帰宅した父親がシャワーを浴びる音。私はじっとその音に耳を澄ませながら、ゆっくりとその携帯に手を伸ばす。

「携帯にロックかかってなかったの？」

「かかってましたけど、試しに全部ゼロで入力してみたら解除できたんです」

「あはは、真司さんらしいな」

橋本さんが口を手で押さえながら笑った。明るい人だなと思うと同時に、彼女の「真司さんらしい」という言葉が少しだけひっかかる。私の父親らしさって何だろう。初期の暗証番号のまま携帯を使っているようなだらしなさが父親らしいところなんだろうか。少なくとも、私はそんなイメージは持っていない。だけど、それは自分の知らない父親の一面とかそういう話じゃなくて、ただ自分がよく知らない人に関する、知らなかったことの一つ。会話もろくにしやしない自分の父親がどのような人物なのか、私は多分、目の前に座っている橋本さんよりも、知らない。

携帯のロックを解除した後は簡単だった。ＬＩＮＥのやりとりや電話帳からフルネームと顔写真を確認して、それからは自分の携帯で橋本さんのＳＮＳをこっそり覗《のぞ》き見して情報を集めた。会社はお父さんと同じで、住んでる場所はどこらへんで、そして、最寄り駅は多分ここで。好奇心とも正義感とも違う、訳のわからない感情。そんな気持ちを抱えたまま、私はネットストーキングを続けた。そして、部活が急に休みになった今日の放課後。なぜか橋本さんを遠くからでも一度見ておきたいと思った。半分だけいて欲しくないという気持ちを抱えたまま、会社終わりの橋本さんを自分が調べた最寄り駅の前でずっと待ってて……。

「不倫は……駄目なことだと思います」

「うん、わかってる。ごめんね、大好きなお父さんを取っちゃって」

「別に父が好きというわけじゃないですけど、何というか社会倫理的に」

「そんな言葉聞いたら真司さん泣いちゃうよ」

「うちの一家を泣かすようなことしてんのはそっちじゃないですか」

私は呆《あき》れながらそう言った後で、父親の不倫を知っても、別に悲しくなかったという事実を思い出す。ずるい。父親の不貞を知ったときに出てきたのは、そんな感情だった。あの人がという意外性はあったけど、少なくとも悲しいという気持ちではない。みんなで頑張って家族ごっこをしているのに、一人だけ勝手にそれから抜け出して、自分一人で楽しいことをしてる。そんな感じ。

テーブルに注文した料理が運ばれてくる。熱せられた鉄板の上でステーキが香ばしい湯気を立てている。私は自分のもやもやを断ち切るように、握りしめたナイフを分厚い肉に思いっきり突き刺した。

「駄目だってことはわかってるんだけど、やっぱり好きになっちゃうんだよね。真波ちゃんだって同じ学校に好きな人くらいいるでしょ?」

「大人の恋愛と高校生の恋愛を一緒にしないでください」

「大人と高校生の恋愛も一緒だよ。損得感情じゃどうしようもできないのが恋愛だと私は思うよ。漫画とかでも、そんな恋愛あるじゃん」

「大人が漫画と現実をごっちゃにしないでくださいよ。それに高校生がみんなキラキラしてるわけでもないし。橋本さんが高校生だった時だって、そうだったでしょ」

「あー、そっか。ごめんね、私高校行ってないからよくわかんないんだ」

私はナイフを握りしめる力を強めて、ステーキの肉を切る。ナイフの刃先が鉄板と擦れて、指先にかすかな振動が伝わる。

「……なんでそんなこと私に言うんですか? 同情でもして欲しいんですか?」

嫌なやつ。自分の口から出た言葉で、私は自己嫌悪に陥る。さすがに怒るだろうな。私は顔をお皿に向けたまま、目でちらりと橋本さんの様子を窺《うかが》う。橋本さんは運ばれてきたコーヒーに口をつけながら、怒るでもなく、機嫌を悪くするでもなく、ただじっと穏やかな表情で私を見つめていた。

「お父さんの不倫相手だから、同情の余地のない、嫌な女でいて欲しかった？」

私は何も言えなくなる。ナイフとフォークを動かす手が止まる。橋本さんの言葉の通りだった。家族に愛着があるというわけではない。だけど、怒りをぶつけることができたら、正義感に浸ったまま罵倒《ばとう》することができたら、もっと私はすっきりできたのかもしれない。というよりむしろ、私はそういうことを望んで橋本さんのことをストーキングしてたのかもしれない。父親の不倫相手。好きなだけ鬱憤《うっぷん》を晴らしても、みんな私の方に同情してくれる、そんな相手として。

私は顔をあげ、橋本さんの顔を見る。橋本さんは私の目をじっと見つめた後で、口に手を当て、わざとらしい口調で笑い始める。

「オーホホ、真波ちゃんのパパは私がいただくでザマスよ」

私がポカンと口を開けると、橋本さんはしまったと気まずそうな表情を浮かべる。それから「ほら、嫌な女ってこんな感じなのかなって」と慌てて弁解を始める。その慌てふためき具合があまりに可笑《おか》しくって、私は思わず堪《こら》えきれなくなって笑ってしまう。橋本さんは恥ずかしそうに顔を赤らめながらも、私を見て嬉《うれ》しそうにつられて笑い始めた。

空気が少しだけ柔らかくなる。それからまた私たちは、再びとりとめもない会話に戻っていく。ステーキセットを食べ終わる頃に店員がパフェを持ってくる。スプーンでホイップ部分を一口食べると、甘い味と香りが口の中に広がった。

「食べきれないなら別に残していいからね」

「食べ物を残すのは絶対に駄目だって言われてるんで、全部食べます」

「そっか、偉いね」

食べ物を残して怒られることはあっても、残さずに食べて褒められたことなんて一度もない。少なくとも、私の家の中では。私は何も言わずにパフェを食べ続ける。最初は美味しかったパフェの味がいつの間にかしなくなっていく。何を意地になってるんだろう。私はそう自分に問いかけるけれど、それに対する答えは全く思いつかなかった。

「やっぱり一番高いだけあって、すごく美味しそう。ダイエット中だから何も注文しなかったけどさ、やっぱり私にも食べさせてよ」

満腹が近づいてきたタイミングで橋本さんが言い、私の返事も聞かないままスプーンを手に目の前のパフェを食べていく。三分の一に減ったパフェの器の中で、お互いのスプーンがぶつかり、小さな音を立てた。

「ねえ、真波ちゃんとお父さんの思い出を聞かせてよ」

パフェの中身をスプーンでいじくりながら橋本さんが聞いてくる。私は顔をあげ、何でそんなことが知りたいんですかと思ったままの疑問を彼女にぶつけた。

「何でって、好きな人のことをもっと知りたいって思うのは普通のことだと思うよ」

「それはそうですけど……。正直、私はなんで橋本さんが私のお父さんなんか好きになったんだろうって思ってます」

「真波ちゃんのお父さんは良い人だよ。流されやすいところはあるけど、優しくて、頼り甲斐《がい》があってさ。まあでも、不倫しちゃってるから、説得力の欠片《かけら》もないか」

私は顔をそらして、目の前のパフェに視線を戻す。白分の父親のことなんてよく知らないし、思い出だってほとんどない。店内に流れるクラシック音楽。じっとその曲に耳を澄ましていると、私が小学生の頃、今日みたいな蒸し暑い日に父親と二人で花火をした記憶が蘇《よみがえ》ってくる。

「花火?」

私のつぶやきに橋本さんが反応する。

「祭りの花火とかじゃなくて、スーパーで売ってるような花火セットですね。それを河川敷で、父親と一度だけやったことがあるんです。小学校低学年の時くらいだから、もうほとんど覚えていませんけど」

パフェはいつの間にか空になっていて、溶けたアイスが底に溜まっていた。スプーンをパフェの容器に入れて、私は何気なく橋本さんの顔を見てみる。橋本さんはソファにもたれかかった状態で、店の窓から外の通りを眺めていた。私も彼女と同じ方向へと視線を移す。日没が近づいた夕方。空は茜《あかね》色から深い藍《あい》色に少しずつ移り変わっていて、通りのビルの隙間からは市内の中心を流れる川が見えた。夏の風で街路樹の葉が揺れていて、ガラス越しに、ひぐらしのくぐもった鳴き声が聞こえてきた。

「ねえ」

長い沈黙の後で、橋本さんが窓から目を離さず、聞いてくる。

「これから河川敷で、花火しよっか」

＊＊＊＊

「でね、三年前に付き合ってた彼氏はブラジルから出稼ぎにきてた運送屋だったの」

日がくれた河川敷はまだ少しだけ蒸し暑くて、時折吹いてくる風はまとわりつくような湿気を含んでいた。スーパーで買ってきた花火セットとバケツ。二人で携帯片手に場所を調べながら、公衆トイレでバケツに水を汲《く》んで、あたりに誰もいない河川敷に腰を下ろす。お互いの手持ち花火から色鮮やかな火花が散り、薄黄土色の土の中へと消えていく。

「すごくロックンロールな人で、とにかく無茶なことをするのが好きでたまんない人だったの。友達に煽《あお》られて高いところに登ったり、度数の高いお酒の一気飲みなんかしたりしてさ、本当に一緒にいてハラハラしちゃうような人だったな。それでね、ある日、何がきっかけだったのかはよくわかんないけど、突然自分の男性器に骸骨《がいこつ》のタトゥーを彫ったの。めちゃくちゃ痛いだろうにさ、最高にクールだろって自慢してきてさ。笑っちゃうよね。でさ、その後どうなったと思う」

「どうなったんですか?」

「あそこにタトゥーを入れたせいでね、EDになったの。つまりは、もうあそこが勃《た》たなくなったってこと」

男性器に彫られたタトゥーをイメージしてみて、私は可笑しくなって笑う。どんな考え方をしたら、自分のあそこにタトゥーを入れるという発想になるんだろう。花火が半分だけ火薬を残したまま、火花の勢いが止まる。バケツに先っぽから花火を突っ込むと、じゅっと小さな音を立てて、火が消える。

「それがきっかけで彼は男であることに自信をなくしちゃってさ、そのまま私と別れてブラジルに帰っちゃったの。今ではすっかり元気になって、地元で日本語の教師をやってるんだってさ」

派手に火花を散らす花火がなくなって、最後に残しておいた線香花火に火をつける。

災難でしたねと私が笑いながら相槌《あいづち》を打つと、橋本さんも笑いながら、そうでしょと返す。私は線香花火の火花をじっと見つめる橋本さんの表情を見つめる。暗い背景の中に、火花の光で浮かび上がる彼女の顔は少しだけ幻想的で、綺麗《きれい》だった。もし自分に姉がいたら。私は途中までそう考えてから、自分の気持ちをごまかすように、線香花火に視線を移した。

「もし私が真波ちゃんのお父さんと結婚したらさ、一緒に暮らしてくれる？」

お互いに最後の線香花火を持ったまま、橋本さんが尋ねてくる。ズキンと胸が痛む。そう言ってくれるのが嬉しいのに、そうなったらいいなって心の奥で思ってるのに、そんなのできっこないのにという冷めた自分が、私の気持ちを覆い隠す。

「……あばずれが移るから嫌です」

「うわー、辛辣《しんらつ》」

可愛げのない返事にもかかわらず、橋本さんが嬉しそうに笑う。別の出会い方をしていたら、もっと心からこの瞬間を楽しめたのだろうか。娘とその父親の不倫相手という関係じゃなく、たまに遊んでくれる近所のお姉さんとして、友達として、そして、私の姉として。

「私って、なんというかさ、男運がないんだよね。父親がいないから異性に変な幻想を持ちがちだってのは自覚してるんだ。それでも、自分なりに反省して、幸せになろうと頑張ってきたつもりなのにさ」

線香花火の火が弱くなっていく。胸が締め付けられるように苦しい。橋本さんが私の方を見て、微笑《ほほえ》みかける。そして、もう一度自分の線香花火に目を向けて、小さな声でつぶやいた。

「どうして、こうも上手《うま》くいかないのかなー」

その言葉と同時に、私たち二人の線香花火が最後の輝きを放って、ポトリと地面に落ちる。花火の光が消えて、辺りは藍色の夕闇に包まれた。

＊＊＊＊

それから私は橋本さんと別れ、自分の日常へと戻っていった。連絡しないまま消してもいいからと、橋本さんは私に携帯の電話番号を教えてくれた。私の連絡先を教えることはなかったし、まだこっちから連絡するのには抵抗があったけれど、時々何してるだろうかって気になって、たまに彼女のSNSを覗いたりした。フォローしたり、メッセージを送ったりということまではしなかったけれど、家の空気がいつもよりギスギスしている時なんか、無性に彼女に会いたくなって、彼女からもらった連絡先にメッセージを打ち込んでは、送信する前に消してを繰り返したりした。

私の心の奥でどこかストッパーみたいなものが働いて、連絡を取らないまま時間は過ぎていった。そして、ある日、母親がいつになく真剣な口調で話があるのと私を呼び止める。照明が切れかかったリビングで、父親が不倫していたという事実を私に伝えた。

「どうしようもないわね。不倫するお父《あ》さ《い》ん《っ》もお父《あ》さ《い》ん《っ》だけど、そんなしょうもない男を好きになる方もどうかしてるわ」

それから母親は淡々と父親との話し合いで決まったことを話し始める。離婚はしないこと、不倫相手に対しては、慰謝料を請求しない代わりにもう二度と連絡を取らないようにさせたこと、などなど。それから母親はどうして父親の不倫に気がついたのか、そして、どれだけ自分が家庭を守るために我慢してきたのかについてを延々と私に語った後で、最後に「ごめんね、本当はこんなことを真波に話すべきじゃないんだろうけど、お母さん、真波以外の誰にもこんな話できないから」と自嘲《じちょう》気味に笑い、そこでようやく私を解放した。

私はよろよろと立ち上がり、リビングを出る。だけど、自分の部屋に戻らずに、そのまま扉に耳をつけ、リビングの音に聞き耳を立てた。しばらくしてから、リビングからお母さんが一人ですすり泣く声が聞こえてくる。必死に嗚咽《おえつ》を押し殺した、痛々しい泣き声。私はそのまま部屋に戻り、自分の携帯を手に取った。

私は橋本さんと花火をした日のことを思い出す。楽しくて、この人が家族だったらよかったのにという考えがよぎってしまったあの日のことを。その思い出に覆いかぶさるように、先程の母親のすすり泣きが聞こえてくる。私は電話帳を開き、橋本さんの連絡先画面を開く。私は深く息を吸う。そしてそれから、私は画面のボタンを押し、電話帳から彼女の電話番号を削除した。

流れ星のお仕事

私のお父さんは流れ星のお仕事をしています。毎晩、お空の高いところから大気圏というところに飛び込んで、流れ星になってみんなの願い事を叶《かな》えています。

お父さんはお昼の時間はいつも寝ていて、私が寝る時間にお仕事にでかけます。お仕事に行く前、お父さんはいつも私のベッドまでやってきて、おまじないだよと言って私の額とお父さんの額をくっつけてくれます。お父さんの固くてカサカサとした額を私の額で感じると、心の奥のほうが少しずつ温まっていきます。これは私とお父さんの二人だけのおまじないです。このおまじないをすると、独りぼっちの夜でも安心して眠ることができるのです。

お父さんが帰ってくるのはちょうど私が学校に出かけようと準備を始める時間です。お父さんがお家《うち》に帰ってくると、部屋の中にプラスチックを焼いたような匂いが漂います。お父さんはその後、焦げて真っ黒になった身体《からだ》をシャワーで綺麗《きれい》にして、国から支給されているお肌の薬を全身に塗りたくります。お母さんがいたときは、お母さんがそれを手伝っていましたが、今は一人でやっているので大変そうです。学校がない日には私がお手伝いするときもあります。お薬はカスタードクリームのような色をしていて、歯磨き粉のような匂いがします。直接手で触るとピリピリとしびれてしまうので、使い捨てのビニール手袋をはめてから、お父さんの手が届かない背中にお薬を塗ってあげるのです。

お父さんの肌はお仕事のせいで、真っ黒に焦げていて、所々盛り上がってでこぼこしています。表面はいつもカサカサで、ちょっとでも強く触ると、大きなかさぶたのようなものがごろりと剝《は》がれ落ちてしまいます。それは見ていてとても痛々しいのですが、お父さんは平気だよと言ってくれます。難しいことはわかりませんが、肌が黒くなりきってしまったところは痛覚というものがなくなっていて、痛いとか熱いとかを感じることがないそうです。

お父さんの見た目は他の人と違っているので、お休みの日に一緒にでかけたときには、色んな人がお父さんを見てきます。ちらちらと私達を見てくる人もいれば、すれ違うときに、ひどい言葉を投げかけてくる人もいます。そういうとき、お父さんはすごく悲しそうな表情を浮かべながら、私を安心させるように小さく笑いかけてきてくれます。学校の中にも、時々、私のお父さんの肌をからかってくる子達がいます。友達や先生がそういう人を注意してくれますが、私はそのようなひどい言葉を聞くたび、すごく悲しい気持ちになります。

それでも、私はお父さんの肌をおかしいと思ったことはありません。確かに、お父さんの肌が黒いせいで、一緒に遊びに行けない場所もあります。だけど、そのことでお父さんを嫌になったことはありません。みんながなんと言おうと、私はお父さんのことが大好きです。

時々、教室の隅で、昨日の流れ星にどんなお願いをしたのかという話が聞こえてくるたび、私はどこか誇らしげな気持ちになります。もちろんその人が見た流れ星が、お父さんであるとは限らないけれど、それでも私はお父さんの娘であることが嬉《うれ》しくなります。担任の早川《はやかわ》先生も友達もみんな、お父さんはすごく素敵な仕事についているんだということを何度も何度も言ってくれます。嫌な人もたくさんいます。それでも、私の周りには優しい人がたくさんいるので、毎日をとても楽しく過ごすことができています。

本当はいけないことですが、私はよく夜遅い時間にベッドから抜け出し、ベランダから真っ暗な夜空を眺めます。じっと目を凝らしているうちに目が暗闇に慣れ、夜空に少しずつ小さな光の点が浮かんでくるのがわかります。それから私は端っこの方からお星様の数を数えるのです。そうしているうちに、視界の端っこできらりと流れ星が流れることがあります。その流れ星は私のお父さんか、お父さんと同じようにお仕事を頑張っている誰かだと思います。私は手を組み、その流れ星に向けてこうお祈りをします。

お父さん。いつもありがとう。これからも身体に気をつけて、お仕事頑張ってね。

死人のお世話

死んだ父親の身の回りの世話をしてほしい。事前に知らされていた仕事内容はこれだけだった。

信頼できる知人から紹介された仕事だけど、まさか法に抵触する仕事じゃないでしょうね。私は一抹の不安を覚えながら指定された仕事先へと向かった。富裕層向けの住宅街を抜けたどり着いたのは、周りの家よりも一回りも二回りも大きな邸宅だった。

「よく来てくれました。助かります！」

三十代半ばの快活な女性が熱烈に私を歓迎してくれた。三村睦美《みむらむつみ》と名乗った雇い主に簡単な自己紹介を済ませた後、私はずっと胸に抱えていた疑問をぶつける。

「あの、仕事内容なんですけど。身の回りの世話っていったい……？」

睦美さんは「ついてきて」と玄関から奥の部屋へと私を案内する。扉を開けると、部屋の中央には大きなビロードの肘掛け椅子が置かれていて、そこに白髪が交じった初老の男性が目をつぶった状態でもたれかかっていた。

「お父さん。この前話したお手伝いさんが来てくれたよ」

睦美さんがそう話しかけると、初老の男性はゆっくりと目を開け、こちらへと視線を向けた。私が軽く会釈をすると、睦美さんのお父さんも軽く頷《うなず》き、また目をつぶってしまった。

「昼寝の最中だったみたい」

部屋を出た後、茶目っ気たっぷりに睦美さんが言った。私は事前に知らされていた仕事の内容をもう一度頭の中で繰り返す。死んだ父親の身の回りの世話をしてほしい。確かにそういう仕事だった。

「あの、つかぬことをお伺いするんですけど、お父様って確かお亡くなりになられたんじゃ………」

最後の言葉を言い切る前に、睦美さんの表情にさっと暗い影がかかった。そして、先ほどまでの陽気さが嘘のように、低くくぐもった声でぽつぽつと語り出した。

「そうなの。ちょうど一ヶ月前だったかな、くも膜下出血でぱったりとね。普段は風邪一つひかない丈夫な身体《からだ》だったから、まさかこんな風にあっさり亡くなっちゃうなんて思ってもなかった。人の命って本当にあっけないんだって、この年になって実感しちゃった」

そういうと、睦美さんは「ごめんなさいね」と断りを入れ、ポケットから取り出した絹のハンカチで目元を拭う。ウソ泣きではないかと注意深く観察したが、瞳は涙で潤んでおり、眼の端には小さな涙の玉ができていた。

その時、がちゃりと先ほどの部屋の扉が開き、中から睦美さんのお父さんがのっそりと出てきた。彼は私たちを一瞥《いちべつ》し、そのまま廊下を歩いて行くと、角を曲がって姿を消した。

お父さんが消えた曲がり角をわけがわからず見つめていると、睦美さんは「多分、トイレだと思うから気にしないで」とだけ言い、「湿っぽい話は終わりにして、具体的な仕事内容を説明するね」と無理やり笑顔を作ってみせた。そこには確かに、悲しみを押し殺した人特有の痛々しさがにじみ出ていた。

彼女が嘘を言っているとは到底思えなかった。そして、睦美さんのお父さんは一度死んでしまったのだということを受け入れた瞬間、私は睦美さんにある種の敬意を抱かざるを得なかった。少なくとも睦美さんは、単純に故人と会えなくなるからという理由で死を悲しむのではなく、混じりっ気のない死そのものを純粋に悲しむことができる人間なのだから。

その日から私の仕事が始まった。仕事内容はまさに聞かされていたものと同じで、日中、睦美さんが仕事で家を空けている間、部屋の掃除や食事の用意、あとはこまごまとした雑務を行うというものだった。

私は以前も家政婦として働いていたため、屋敷が広いということを除けば、まさに自分の経験を存分に生かせる仕事内容だった。栄養のバランスを考えた食事作り、部屋の掃除、宅配便の受け取り、さらにはお父さんから頼まれた雑務、例えば書店に行って指定された書籍を購入したりすることなどを、私はてきぱきと効率よくやってのけた。

唯一苦労したのは、亡くなっているお父さんとの意思疎通だった。お父さんの名前は三村達夫《たつお》。昭和二十五年生まれで、亡くなっていなければ今年で六十八歳になるはずだった。達夫さんは日常生活を不自由なく過ごせるだけの健康体ではあったものの、二点だけ困ったことがあった。

一つ目は、達夫さんの身体が氷のように冷たいこと。それはまさに生きている人間ではありえない、死人特有の冷たさで、私が最初に達夫さんに触れたとき、思わず声をあげたほどだった。

二つ目は、達夫さんが一切喋《しゃべ》ることができないということ。そのため、用事があるときには筆談でコミュニケーションをとる必要があり、最初の内はこれがなかなか大変だった。死ぬ前からそうだったのかしらと疑問に思った私は、ある日睦美さんになぜお父さんは口がきけないのかと尋ねてみた。すると彼女は大げさな驚きの表情を浮かべながら答えてくれた。

「何を言ってるんですか。父は死んでるんですから、喋れなくて当り前じゃないですか。だってほら、死人に口なしってよく言うでしょう?」

そういう不便な点を除くと、この仕事は今までやってきた中でも抜群に割のいい仕事だった。給与面だけでなく、雇い主の三村父娘《おやこ》は温厚で気さくな性格で、こうした仕事特有の人間関係でのわずらわしさがこれっぽっちもない。特に、接する時間の長い達夫さんは人格者だった。私が少々ミスをしても優しそうな目で受け止めてくれたし、私に小学生の子供がいることを告げると、子供のためにちょっとしたプレゼントを贈ってくれた。

睦美さんが父親を尊敬している理由がわかったし、彼女が葬式で泣き叫んだことも十分に理解できた。母子家庭で父親の温《ぬく》もりというものを知らずに育ってきた私にとっても、達夫さんは決して単なるお世話の対象者ではなく、よき父親であり、そしてよき理解者でもあった。

私はいつまでもこの仕事を続けていたいと心から思っていた。それでも、運命は残酷だ。平穏な日常が何の前触れもなく、突然破られるのだから。

それは昼下がり、達夫さんが食卓で、遅めの昼食を食べているときのことだった。達夫さんは私が作った料理を残さず平らげ、窓から見える中庭の風景を観賞しながら食後のコーヒーを堪能していた。

私は食器を下げ、台所で洗い物をしていた。すすぎが終わり、食器乾燥機へと食器を並べていたそのとき、ガシャンと陶器が派手に割れる音が聞こえてきた。私は突然の破砕音に驚き、急いでダイニングルームへと駆けていく。達夫さんは胸を右手で押さえつけ、苦悶《くもん》の表情を浮かべていた。痛みのせいか身体は前かがみになり、足元には割れた陶器の破片が散らばっている。額には大粒の汗が浮き出ていて、荒々しい呼吸をしている様子が見て取れた。

「大丈夫ですか⁉」

しかし、達夫さんは私に救いを求めるような目で見つめ返すだけで何も言わない。いや、何も言えなかった。私は携帯を取り出し、震える指先で何とか救急車を呼び、必死に達夫さんの背中をさすり続けた。もちろん、これで彼の痛みが取り除かれるわけではない。けれども、私は恐怖と怯《おび》えで泣きそうになりながら、励ますことしかできなかった。救急車は十分ほどで到着した。救急隊員に運ばれていく達夫さんに付き添いながら、私は彼の無事を祈り続けた。

しかし、私の祈りも虚《むな》しく、達夫さんは助からなかった。心筋梗塞だった。

突然訪れた死に、私はぽっかりと穴が開いたような気持ちに襲われた。それは、単に仲のいい雇い主の父親が死んだという出来事以上のショックを私に与えた。招かれた自宅葬で、私は睦美さんと抱き合い、みっともなく泣き続けた。白い菊が敷き詰められた棺《ひつぎ》の中で、達夫さんが手を組み、穏やかな表情で眠っていることだけが唯一の救いだった。

「できれば、仕事を続けて欲しいの」

葬式が終わり、ようやく気持ちに整理が付き始めた頃、邸宅の玄関で睦美さんからそうお願いされた。私は少しだけ迷った後、黙って首を横に振った。何も言わなかったのは、口を開くと、泣いてしまいそうだったからだ。睦美さんはそんな私の気持ちを察してくれたようで、目を伏せるだけでそれ以上何も言ってこなかった。初めてではないにしても、肉親を失った睦美さんの悲しみはより深いはず。何もできなくともただ彼女に寄り添ってあげるべきだったのかもしれないと、私の気持ちが少しだけ揺れる。

しかし、今の私には他人に優しくできるほどの余裕がなかった。もし、このままこの家で働き続ければ、否応なしに昔の記憶を思い出し、そして死の香りを嗅ぐことになる。私は睦美さんに深々と頭を下げた。どうしようもなく弱い自分を懺悔《ざんげ》し、赦《ゆる》しを乞うために。

「寂しくなるね」

睦美さんがつぶやく。それと同時に、邸宅の奥の廊下から睦美さんのお父さん、達夫さんがゆっくりとこちらへと歩いてきた。彼にも私が今日で仕事を辞めることは告げていたため、最後のお別れをと思ってやってきてくれたのだろう。

達夫さんと私は固い握手をした。ぎょっとするような冷たさが私の手を通して伝わる。私は達夫さんの優しい表情を見て、泣きそうになった。ずっと優しくしてくれた故人の記憶がありありと脳裏に思い浮かんだからだった。会えなくなるからとかではなく、尊い命、それもこれほどまでに素晴らしい人の命が失われたということがどうしようもなくやるせなく、辛《つら》かった。

私は泣きそうになるのをこらえるため、さっと目をそらす。目をそらした先に、葬儀の時に使われていた白い菊の花びらがくっついていた。私は耐え切れなくなり、涙を流し始める。そんな私を達夫さんが優しく抱きしめ、横から睦美さんが妹をあやすようにそっと頭をなでてくれた。

私は嗚咽《おえつ》交じりに二人に別れを告げた。そして、後ろ髪をひかれる思いのまま、思い出の詰まった邸宅を後にする。玄関から門までの道の途中、同い年くらいの女性とすれ違い、会釈をする。睦美さんが言っていた、代わりの家政婦さんなのだろう。私は立ち止まり、振り返った。彼女の後姿を見送りながら、私は彼女に幸多からんことを祈った。

何だかんだ銀座

1

「銀座で買った蜂蜜を夜のうちに木に塗っておくとな、銀座ブランドにつられて野生のお金持ちが集まってくるんだ」

銀座の大通りから少し離れた場所にある小さな公園。お父さんはその公園の木に、一瓶二千円もする「銀座のはちみつ」を塗りながらそう教えてくれた。僕もお父さんを真似《まね》して木に蜂蜜を塗る。隙間ができないように丁寧に。深夜ということもあり、周囲は暗い。公園の電灯と懐中電灯の光を頼りに、僕は銀座で買った刷毛《はけ》で、お金持ちが捕まりますようにとお祈りしながら蜜を塗り続ける。

「明日が楽しみだな」

お父さんの言葉に僕は元気いっぱいに頷《うなず》いた。

そして明朝五時。僕とお父さんは眠たい目をこすりながら家を出て、昨晩罠《わな》をしかけた公園へと向かった。公園の中に入ると、罠をしかけた木の周りを数人のお金持ちが取り囲んでいるのが見えた。お父さんは指先を唇に当て、目配せする。僕は息を押し殺し、銀座で買った虫取り網を握る力を強めた。そろりそろりと忍び足で彼らに近づいていく。お金持ちたちはまだ僕たちの存在に気が付かない。警戒心が強く、自意識過剰という習性があるお金持ちを捕まえるためには、慎重に慎重に近づかなければならない。

僕は、抱きしめるようにして木に張り付いている一人のお金持ちにターゲットを絞った。年齢は四十代前半ほどの男性で、髪はさっぱりと短く刈り込まれている。アルマーニのチェック柄のジャケットを羽織り、左手にはカルティエの腕時計をはめている。まさにお金持ち図鑑に載っているような典型的なお金持ちだった。

お父さんが目で合図を送る。僕は呼吸を整え、お金持ちの頭めがけて虫取り網を振り下ろす。木に集まっていた他のお金持ちたちが危険を察知して逃げていく中、網に捕まったお金持ちだけは小さなうめき声を上げた後で、その場で膝から崩れ落ちる。

お父さんが後ろから近づき、お金持ちの襟元を掴《つか》んだ。網を外してやった後で、僕はお金持ちの肩を触り、首を触り、産毛の生えた耳たぶをつまんでみる。肌の生暖かさに僕は生命の息吹を感じた。僕はお金持ちの両頰を手で掴みながら、お父さんに尋ねた。

「お父さん、うちで飼ってもいいんだよね？」

「もちろんだ。だけど、世話はきちんと祐介《ゆうすけ》が責任を持ってやるんだぞ」

「うん！」

お父さんは僕の返事に気を良くしたのか、目を細め、満足げに微笑《ほほえ》んだ。僕はお金持ちの両頬を摑んで顔を自分の方へと向けさせた。お金持ちはきょとんとした表情を浮かべたまま、ただじっと僕の目を見つめている。

「今日から、お前はうちの家族だぞ」

こうして僕とお金持ちの、短くも充実した毎日が始まることになった。

2

「はい、お金持ち。お昼ご飯だぞ」

僕はノックをしてからお金持ちの部屋に入り、テーブルの上にご飯を置く。ソファでくつろいでいたお金持ちは読みかけの経済誌を机に戻し、嬉《うれ》しそうに僕のもとに駆け寄ってくる。お金持ちは椅子に座り、ナイフとフォークを器用に使って、目の前のステーキを食べ始める。よく嚙《か》まずにお肉を飲み込んだせいか、お金持ちが小さくむせて自分の胸をどんどんと叩《たた》き始める。僕は笑いながら水を手渡し、愛嬌《あいきょう》あるお金持ちの仕草を微笑みながら見つめた。

お金持ちにはこうやって毎日三食、銀座で買った食材で作ったご飯を食べさせてあげなければならない。なぜならお金持ちは銀座で買ったもの以外は口にしないという習性があるからだ。学校がある日は朝と晩、今日みたいな休みの日には三食とも僕が食事をお金持ちの部屋に運んであげる。また、僕が捕まえたお金持ちはベンチャー企業の社長でもあるから、飼い主の義務として、週に何回かは彼が経営する会社まで散歩に連れて行ってあげる必要がある。僕はポケットから銀座で買ったリードを取り出し、ご飯を食べ終わったお金持ちの首輪に繫《つな》げる。会社に連れて行ってくれることに気がついたお金持ちは顔をあげ、嬉しそうに顔をほころばせた。

「ほら、散歩に行くぞ。お金持ち」

オールデンの革靴を履かせてあげて、お金持ちと一緒に外へ出る。春らしい陽気を全身に浴びながら、自慢のペットと散歩をするというのはすごく気持ちがいい。すれ違う人たちが羨《うらや》ましそうにお金持ちを見てくる。僕はその視線に気が付かないふりをしつつも、内心は誇らしい気持ちでいっぱいだった。

「祐介くん、おはよう」

聞き覚えのある声に僕の胸がどきりと高鳴る。声のする方を振り返ると、そこには近所のタワーマンションに住んでいる高校生の明美《あけみ》さんが立っていた。明美さんは黒くて艶のある髪を耳にかけ、上品な笑みを浮かべていた。そして、明美さんの左には、明美さんの家で飼っている女性のお金持ちが立っていた。シャネルのワンピースに身を包み、左手にはクロエのバッグを持っている。明美さん家《ち》のお金持ちはせわしなげに自分に繋がれたリードを触り、ちらちらと僕の家のお金持ちに視線を送っていた。

「ちゃんと世話をしてて偉いね」

「あ、当たり前だよ。僕のペットなんだもん」

明美さんが口に手をあて、くすくすと笑う。明美さんの艶っぽいその仕草に僕の顔全体が少しずつ火照ってくる。じゃあまたね。明美さんがひらひらと右手を振り、そのまま僕たちの前から歩き去っていった。僕は明美さんの背中が見えなくなるまで見送り、お金持ちの方へと視線を向けた。僕は火照ったままの顔をほころばせ、不思議そうに僕の目を覗《のぞ》き込むお金持ちの頭をわしゃわしゃとかきむしった。

「うへへへへ」

3

　会社での用事が終わった後、僕たちは日比谷公園へと立ち寄った。開けた芝のスペースで立ち止まり、僕はお金持ちの首輪からリードを外してあげる。リードを外してもらえたお金持ちは嬉しそうに辺りを駆け回った。それからジャケットを着たまま仰《あお》向《む》けに寝っ転がり、背中をこすりつけるように身体《からだ》を左右へ身動《みじろ》ぎさせた。

「せっかくの高いジャケットが汚れちゃうよ」

　僕はお金持ちを立ち上がらせ、背中についた草や土を手で払ってあげる。

「お金持ち、お手」

　僕はお金持ちの前に自分の手を差し出し、そう命じた。お金持ちは膝立ちになり、左手をお行儀よく僕の手の上に乗せた。僕がお次におかわりと言うと今度はきちんと右手を乗せる。ちんちんと言うと、お金持ちは得意げな表情ですくっと両足で立ち上がってみせる。

　よしよし。僕は再び膝立ちの格好になったお金持ちの頭を撫《な》でながら目一杯褒めてあげる。そして僕は喉の調子を整え、自分を手で指さしながら言った。

「お金持ち。ゆーうーすーけ。ゆうすけ」

「……」

しかし、お金持ちはきょとんとした表情を浮かべるだけで、何も喋《しゃべ》ろうとしない。

僕はため息をつく。バッグに入れていた『お金持ち育て方ガイド』を取り出し、躾《しつけ》の仕方という章を開いた。

【お金持ちは高い知能がある一方で、プライドが高い生き物でもあるため、躾をするのが難しいと一般的に言われています。しかし、一度心を開いた飼い主に対しては情愛や忠誠心を持つようになります。そのような絆《きずな》を結ぶことで、お手やおかわりだけでなく、飼い主の名前を呼ばせることも可能になります】

僕はガイドをパタンと閉じ、もう一度お金持ちの方へと向き直った。

「お手やおかわりまではできるようになったから、後もう少しだよね」

僕がそう言うと、お金持ちは不思議そうに小首をかしげた。なんでもないよと僕は笑いながら立ち上がり、周囲を見回す。太陽は黄色からオレンジ色へと移り変わっていて、遠くからは五時を告げるモノ悲しげなサイレンが聞こえてくる。

「よし、お金持ち。公園の出口まで競走だ」

僕はそう言って走り出す。後ろを振り返ると、お金持ちも嬉しそうに僕の後ろを追いかけてきていた。僕は辺りをはばかることなく大きな笑い声をあげる。するとやまびこのように、僕の後ろを走るお金持ちの笑い声が聞こえてきた。

4

お金持ちの世話はとても大変だったけれど、それ以上にお金持ちと暮らす毎日は楽しさで溢《あふ》れていた。僕は自分のお金持ちが世界で一番可愛《かわい》いお金持ちだと思っていたし、これからもずっとずっと一緒にいられると思っていた。しかし、僕とお金持ちの別れは突然、そして不条理な形で訪れることになった。

「祐介にも正直に話さなくちゃいけない。実はな、お父さんの経営している会社が少し危ない状態になっているんだ」

夕食時。真剣な表情でお父さんがそう切り出した。会社の経営だとか、小学生の僕には正直よくわからない。それでも、お父さんのその表情から何やら良くないことが起こっているということは理解できた。

「もちろん、すぐにどうこうなるというわけではないわ。それでも、今のままの生活を続けていくことはできなくなるかもしれないの。それは祐介にもわかるでしょ」

「う、うん」

お父さんの言葉を受け、お母さんが僕にそう説明してくる。お父さんはゆっくりと、しかし、少しだけバツが悪そうに頷いた。お父さんのその態度を見て、胸の奥がざわついた。何か良くないことを告げられる。そういう予感で僕の頭がいっぱいになっていく。

「だからね、お父さんの仕事を応援するためにも、贅沢《ぜいたく》は控えなくちゃいけないの。例えば、お金持ちの飼育代とか……。ほら、お金持ちって銀座で買ったものしか食べないでしょ。だから食費だけでもすごくお金がかかるし、それに運動用に通っているジムの月謝代だって馬鹿にならないの」

お母さんは何を言っているんだろう。お金持ちは銀座で買ったもの以外の食べ物は食べられないし、ジムに通わないと運動不足ですぐ病気になってしまうのに。お金持ちは元々そういう生き物だってことはお母さんだってよく知ってるはずだ。しかしその瞬間、僕はお父さんとお母さんがまさに言おうとしていることを悟る。そして、それは僕にとって絶対にありえない選択だった。

「お母さん、お父さん……。お金持ちも僕たちの家族じゃないの？」

僕はなんとか声を振り絞って尋ねる。お母さんが僕から目をそらす。お父さんは悲しい表情で僕を見つめてくる。大好きなお父さんとお母さんの姿を見て、僕の胸が張り裂けそうになる。

「祐介、きちんと聞いてくれ」

僕の頭の中をお金持ちとの幸福な日々が走馬灯のように駆け抜けていく。お父さんの言葉なんて聞きたくない。僕は耳を閉じてしまいたかった。しかし、お父さんはゆっくりと、そして低く落ち着いた声で悪夢のような言葉を発した。

「もうお金持ちはうちでは飼えないんだ。お金持ちを……野生に返してあげよう」

5

助手席に僕、後部座席にお金持ちを乗せ、お父さんは車を発進させる。銀座へと向かう車内の空気は梅雨の季節のように重たい。お金持ちは散歩に連れて行ってくれていると思っているのか、さっきからずっとそわそわしている。お金持ちには何も話していない。どこに向かっているのか、そして何のためにそこに向かっているのか。お父さんが沈黙にたまりかねて学校はどうかと僕に話題を振るが、僕にはそれに付き合うだけの心のゆとりはなかった。もうお金持ちを飼えないという家の事情は理解できていたし、お父さんのことを憎んでいるというわけでもない。それ以上にただ、僕の心の中は悲しさでいっぱいだった。

お父さんが銀座三越の前に車を停《と》める。お父さんは僕に目で合図をし、そのまま車を降りる。僕とお金持ちはお父さんの後に続いて車を降り、三人で歩道へ出た。

「お金持ち、とても辛《つら》いけど……これでお別れだよ。これからお前は自由なんだ。好きな時間に会社に行けるし、夜遅くに外出することもできるんだよ」

僕は両手を上に伸ばし、お金持ちの両頬に手をあてる。お金持ちは困惑した表情で僕とお父さんを交互に見つめた。そして、僕の言葉の意味を理解するやいなや、驚きと悲しみの入り混じった鳴き声をあげた。僕はそのお金持ちの鳴き声を聞いて、胸が張り裂けそうになる。

「祐介」

お父さんがわざとらしく咳払いをして、僕の名前を呼ぶ。

「ちゃんと毎日運動をするんだよ。働きすぎは良くないからね。好き嫌いはせず、ちゃんとお野菜も食べるんだよ。それから、それから……」

お父さんが僕の肩を強く叩く。僕が振り返ると、お父さんは肩をすくめ、首を左右に振った。僕はお金持ちから手を離す。お父さんが僕の腕を掴み、そのまま僕を車の中へと押し込んだ。お金持ちはどうすることもできず、ただただその場に立ち尽くしていた。

車のドアを閉め、お父さんが車のエンジンをかける。お金持ちは躊躇《ためら》うように車に近づき、両手を窓ガラスに当てた。お父さんがアクセルを踏み、車がゆっくりと動き始める。お金持ちも車と並行して走り出す。それでも少しずつ、僕たちの距離は離れていく。お金持ちの足がもつれ、固いコンクリートの上で激しく転倒した。

「お金持ち！」

僕はお金持ちの名前を叫んだ。通行人が何事かとこちらを振り返る。それでもお父さんは車を停めてはくれない。お金持ちの姿が少しずつ小さくなっていく。僕は窓を開け、もう一度お金持ちの名前を叫んだ。お金持ちが立ち上がり、離れていく僕を追いかける。

「ゆうすけ！」

お金持ちが僕の名前を呼んだ。そしてそのタイミングで、車は左折し、お金持ちの姿は僕の視界から消えてなくなった。

6

「そっか、お別れしちゃったんだね」

隣に座っている明美さんが残念そうにつぶやく。明美さんの隣にいる明美さんの家のお金持ちもその言葉に同意するかのように頷いた。僕たちがいる週末の公園は家族連れで賑《にぎ》わっていた。お金持ちとはよくこの公園で一緒に遊んでいた。だけど、お金持ちはもう僕の横にはいない。そのせいか、公園全体にどこか寂しげな雰囲気が漂っているような気がしてならなかった。

「でも、やっぱりこれでよかったんだよ。このまま家で飼っていても、お金持ちの好きな物を食べさせてあげられなくなったかもしれないしさ。それにお金持ちだって、野生で生きている方が自分の好きなように遊んだりできて楽しいだろうし、もしかしたらもっと良い飼い主と出会えるかもしれないしさ」

僕は自分に言い聞かせるようにそう言葉をまくしたてた。ベンチから足を浮かせ、振り子のようにぶらぶらと前後に揺らす。僕はうつむき、足の動きにつられて揺れる影をじっと見つめた。歯を食いしばり、ぎゅっと唇を噛み締める。そっと僕の肩が摑まれ、そのまま明美さんのいる方へと身体全体が引っ張られる。僕の頭が明美さんの胸にあたる。明美さんが着ているカシミアのセーターは少しだけ柑橘《かんきつ》系の匂いがした。

「いいんだよ、そんなに我慢しなくても」

僕はさらに強く歯を食いしばった。それでも、目頭が熱くなり、視界が少しずつぼやけていく。生暖かい涙が僕の右頰を流れていく。明美さんは僕の頭を優しく撫でながら、歌うように僕の耳元でささやく。

「大丈夫だよ。祐介くんがいい子にしていたら、きっとまたお金持ちと会えるよ」

僕は服の袖で涙を拭う。それでも涙はとめどなく溢れ出していく。

「本当？」

「本当だよ」

僕の意思に反して、嗚咽《おえつ》が出る。せき止められていた涙が一気に流れ出していく。明美さんの胸に顔を埋《うず》め、僕は声を押し殺すように泣いた。お金持ちと初めて出会った日、お金持ちとの毎日、そして最後、僕の名前を呼ぶお金持ちの姿が頭の中に浮かんで、消えていった。

「また会えるかな？」

嗚咽交じりに僕は言った。

「会えるよ、きっと」

明美さんの胸の中で、僕は激しく泣き叫んだ。

7

「内定おめでとう。来年の四月から君と一緒に働けることを嬉しく思うよ」

銀座の一等地に建てられたオフィスビルの一室。採用担当の石井《いしい》さんが僕に優しく微笑みながら手を差し出した。僕は驚きのあまり一瞬固まったが、すぐに手を差し出し、石井さんと固い握手を交わした。活気ある社風。風通しの良い職場。インターンシップの時からずっと、絶対にここで働きたいと思っていた。そんな会社からの採用通知は、僕にとって例えようもないほどに嬉しいものだった。

「本当は電話で採用通知を行うのが通例なんだけど、羽鳥《はとり》くんにわざわざ会社に来てもらったのは理由があるんだ。なんでかと言うとだね、社長がぜひ羽鳥くんに会いたいって言っているんだよ」

社長が僕に会いたい？　僕はその言葉に少しだけ身構えた。なぜ社長なんて偉い人が僕と会いたがっているのだろう？　僕がそう石井さんに尋ねると、石井さんも理由はわからないんだよねと首を振った。

「まあ、そんな緊張しなくてもいいよ。社長はすごく気さくな人だからね。数十年前からいくつもの事業を成功させてきた人だし、きっと勉強になると思うよ」

「はあ」

石井さんに先導され、僕たちは廊下を渡り、別の部屋へと向かう。オフィスの端っこに位置する簡素な扉の前で石井さんは立ち止まり、ノックをする。石井さんは扉を半分だけ開き、「羽鳥さんがお見えになりました」と中にいる社長へ報告した。

「じゃ、中にはいって」

石井さんに促され、僕は緊張しながら社長室に入る。樫《かし》でできたテーブルの向こうに、黒革の椅子に腰掛けた社長の背中が見えた。後ろで石井さんが扉を閉める音がする。僕はできるだけ明るい口調で挨拶をした。

「そんなに固くならなくていいよ、ゆうすけ」

社長が僕に背中を向けた状態でそう言った。ゆうすけ。社長のその声に小学生の時の遠い記憶が呼び起こされる。はるか昔のことなのに、今でも鮮明に思い出すことのできる記憶。銀座三越の前で、遠ざかっていく僕を見つめる存在。僕の胸がざわめきたつ。僕の身体全体が歓喜の感情で包み込まれる。

「お金持ち……？」

夢見心地のまま、僕はつぶやく。そして、目の前の人物はゆっくりと、椅子ごと僕の方へと向き直った。

大誤算

1９XX年6月12日

婚姻届を役所に提出し、私の名前は山崎真帆《やまざきまほ》ではなく柳田真帆《やなぎだ》に変わることになった。戸籍上、今日から私は一人の独身女性としてではなく、柳田孝雄《たかお》の妻として扱われるようになる。しかし、十年もしないうち、いや、もっと早ければ五年以内には、私は柳田孝雄の妻という身分から解放され、自由と、さらには富を得ることになるだろう。

私の夫の柳田孝雄は来月で八十五歳になる。年のわりには性欲も食欲も旺盛で、傍《はた》から見るとそんな高齢には見えない。しかし、人間はいつか老いて死ぬ。それは柳田孝雄にも当然あてはまる。その日が来るまで、私は不平不満を一切漏らさず献身的な妻を演じ、気の向いたときに柳田のお相手をする。それだけでいい。そうしていればいずれ、私のもとに自由と柳田家の莫大《ばくだい》な富が転がり込んでくる。

今までの人生で受けてきた私の屈辱に比べれば、この程度のことなど我慢できないはずがない。好きでもない相手との性行為だろうと、前妻との間にできた子供とのいざこざであろうと、将来手にするであろうものを考えれば、私は耐え切る自信がある。忍耐強さと強靫《きょうじん》な精神力を持つ者だけが、富を得ることができる。この言葉を胸にしまい、いついかなるときも忘れないようにしよう。

19XX年9月8日

今日、夫の百寿を祝うパーティーが行われた。

私は柳田孝雄の妻として、裏方からパーティーを取り仕切る役割を担わされた。こんなもの家政婦にやらせておけばいいものの、どうして私が中心になって走り回らなければならないのか。その上、夫の長寿を心から祝う妻として、周りに終始笑顔を見せなければならなかったことが余計にストレスになった。先ほどから軽い頭痛がする。明日は遅くまで寝ていよう。

それにしても、柳田が百歳まで生きるとは思ってもいなかった。二十歳で結婚した私は、もう三十代半ばになり、柳田との結婚生活はすでに十六年目。

しかし、希望を捨てたわけではない。多少の誤算はあったものの、まだまだ十分にやり直せる年齢だ。柳田家のお金であらゆる美容医療を受けているし、日々の運動と食事に気を配り、健康と体形の維持に少しの抜かりもない。肌の艶やスタイルは若い頃と変わらない。いや、むしろ無尽蔵の資金を費やしている分、若いときよりも優れているかもしれない。年相応の色気というものも、きちんと身につけている。どんな男性も夢中にさせる自信がある。柳田の妻という地位を守るため、試すことすらできないのが悔やまれるけれど。

とにかく、柳田はもう百歳だ。不謹慎ではあるが、もう長くはないだろう。私が自由と富を得るときは刻一刻と近づいている。

20X X年12月28日

今日は朝からメディアの対応でてんてこ舞いだった。柳田がギネス世界記録公式認定証を授与される瞬間を生中継したいとのことらしく、地元のテレビクルーや新聞記者が家の周りや庭に蠅《はえ》のように群がったからだ。

これまでの長寿のギネス世界記録はフランスのジャンヌ・カルマンという女性が残した、百二十二歳百六十四日というものだったらしい。柳田は長年破られることのなかったその偉大な記録を抜き、記録上、最も長く生きた人間としてギネスに認定されることになった。

柳田は百二十二歳になってもなお、思考や言動がしっかりしている。それに加えて、旺盛な食欲と性欲をも維持している。私は柳田の妻となって以降、彼のたった一人の性的パートナーとしての役割を果たし続けてきた。おぞましいことに、それは私が六十歳に近づいた今もなお続いている。

もちろん若いときも柳田と性行為を行うことは苦痛でしかなかった。それでも私は、行為中に目をつぶり、目蓋の裏に少女時代に思いを寄せていた初恋の相手を思い浮かべることで耐え忍んできた。しかし、年とともに昔の記憶はおぼろげになり、今ではもう彼の顔を思い出すことができなくなった。性行為中、快楽などは一切なく、早く終われと念仏のように唱え続けることで、地獄の時間を何とか乗り越えてきた。あの性欲お化けを去勢して欲しいと何度神様に願ったことか。

お化けという表現は言い得て妙だ。柳田は私と結婚して以来、死ぬ気配すら見せたことがない。もはや妖怪なのではないかと時々考えてしまう。

一方の私はというと、日を追うごとに老いていっているのがわかる。

肌は張りと水分を失い、自慢だった乳房はしぼんで、垂れ下がってしまっている。皺《しわ》と乾燥に覆われた自分の顔を鏡で見るたび、言いようのない絶望感に襲われる。若い頃の写真はすべて捨てた。そのようなものを見るたびに、後悔と嫉妬で頭がおかしくなりそうだからだ。

しかし、絶望で死ぬわけにはいかない。私ほど、柳田孝雄の富を受け継ぐ資格がある人間などいない。それを手に入れるまで死んでたまるか。もちろん、時間は限られるが、それでも私にはまだまだやり残したことがたくさんある。

とにかく柳田は人間の限界に到達している。つまり、明日死んでも全くおかしくない。明日の朝目が覚めたとき、柳田が死んでいることを祈りながら、眠ろう。

20XX年6月11日

明日、私と柳田孝雄の金婚式が行われる。つまり、私と柳田が結婚してから、五十年という歳月が流れたということだ。

私は七十歳になり、柳田孝雄に至っては百三十歳を超えている。それでも柳田は足腰もしっかりしており、また多少減退してはいるものの、食欲性欲共に健在だ。

バイタリティや新しいことへの挑戦意欲も失われることはなく、柳田は昨日、前妻の子供の子供の子供、つまりひ孫に誘われて初めてのゴルフへ行った。ゴルフ場の池に落ちて死んでしまえと思っていたが、夜遅くに上機嫌で帰宅し、嬉《うれ》しそうに私と家政婦にゴルフの面白さについて語った。おそらく、これからしばらくはゴルフに夢中になるのだろう。何せ時間は腐るほどあるのだから。

時々、私は今悪い夢を見ているのではないかと考える。

目が覚めると私は昔住んでいた狭いアパートの布団で寝ていて、寝過ごしたんじゃないかと慌てて目覚まし時計を確認する。朝食を食べ、出勤する頃には夢の中身を忘れ、刺すような日差しに目を細めながら、小走りで駅へとかけていく。駅に着いた頃にはもう夢を見ていたことすら忘れている。ふと電車の窓を見ると、そこには若く、美しく、皺一つない私の顔が映っている。

何度このような妄想に耽《ふけ》ったことだろう。あの頃の自分は職場、待遇、いや人生のすべてに不満を持っていた。自分の容姿、能力に見合うだけの富と賞賛が与えられてしかるべきだと考えていた。

後悔をしていないと言えばそれは嘘になる。それでも、もう一度あの頃に戻れたとして、同じ過ちを繰り返さないかと言えば、それもまた違うような気もする。きっと私は今の人生を選ぶだろう。なぜかと言われても明確な答えは思いつかないけれど。

もうこういうことを考えるのはやめよう。出口のない思考に迷い込んで、ただただ憂鬱《ゆううつ》になるだけなのだから。

私も高齢になり、長くはない。幸いなことに重い病気にかかるということはないが、老いを感じる瞬間が増えている。

それでも、柳田孝雄より長く生きてやるという気持ちだけは失っていない。富や自由が欲しいというわけではない。ただ、これは意地だ。自分自身へのけじめなのだ。

2 0XX年11月23日

今日は私の百寿を祝うパーティーがあった。

若い頃など、百歳の自分というと、はるか遠い未来のように感じていたし、むしろそれほど長く生きること自体を望んでいなかったような気がする。実際、百歳になってみても、ああ、こんなものかという感想しか抱かない。ただ毎日を生きていたら、いつの間にか百歳になった。そんな感じだ。

パーティーは柳田家総出で行われ、柳田孝雄とその玄孫《やしゃご》たちが中心になって取り仕切ってくれた。特に柳田は百六十五歳とは思えないほどの張り切りようで、見ているこっちがひやひやするほどだった。

百歳を超える夫婦の誕生ということで、各種マスコミ、地元代議士も参加するなど、なかなか盛大なパーティーとなった。そのとき、私は一人の女性記者から、百年生きてみてたどり着いた人生哲学を聞かせて欲しいと質問された。

とりあえずあたりさわりのない答えを返したが、振り返ってみると、なかなか深く考えるべき問いなのかもしれない。長く生きることは素晴らしいとよく言われる。確かに、他の人には味わえない様々な経験を積めたことは事実だ。それでも私は時々言いようのない不安と孤独に襲われる。足の筋肉は衰え、耳も遠くなった。立ち上がるたびに膝がきしみ、歩くだけで息切れがする。仲の良かった友達はみんな死に、若い頃可愛《かわい》がっていた年下の家政婦も先に病気で死んでいった。

私にとって年を取るということはそういうことだった。

そのようなことを考えていると、ふと、柳田孝雄も同じような気持ちを抱いているのではないだろうかと疑問に思った。直接聞くほどではない。それでも、私よりもずっと長く生き続けている彼は、いったいどのような気持ちで毎日を生きているのだろうか。

そして、彼は誰よりも長い人生において、一体何を得ることができたのだろうか。

20X X年2月15日

今日の昼過ぎ、階段から足を滑らせ、腰を強く打った。自分が百二十歳だということを忘れ、駆けるようにして階段を降りたのがいけなかった。

圧迫されるような鈍い痛みが未《いま》だに続いている。動かそうにも腰が動かない。おそらく、二、三日もすれば再び動かすことができるとは思うが、ずっと横になっているというのも退屈だ。広い畳の部屋で、こうして一人横になっていると、家の中の音に自然と耳を傾けてしまう。あちらでは雇い始めたばかりの家政婦がたどたどしく夕飯の支度をしていて、奥の方では七年前に生まれた柳田孝雄の来孫《きしゃご》がどたどたと廊下を駆け回っている。

自分の思い通りに動けるときには、この広い屋敷にたった一人でいるような気持ちになることが多かった。しかし、いざ動けなくなると、屋敷のあちこちからかすかな生活音が聞こえてきて、孤独が少しだけ和らぐから不思議だ。一時間おきに、家政婦、玄孫、来孫が私の様子を窺《うかが》いにやってくる。血もつながっていない自分に、こちらが気後れするほどの気遣いの言葉をかけ、また来るからと立ち去っていく。

また来るから。心と身体《からだ》が弱っているからだろうか、そんな単純な言葉がとても嬉しく感じてしまう。

また、こうしてずっと横になって初めて気が付いたことがある。私は柳田孝雄の生活音をなぜかはっきりと聞きわけられるのだ。廊下を歩くときの足音、帰宅したときの玄関の開け方、タンの絡まった咳《せき》。私はそれらの生活音すべてを聞き分けることができ、その音から、今柳田が屋敷のどこにいて、どのような表情をしているかさえありありと頭に思い浮かべることができた。好きになれなかった相手であっても、呪い続けた相手であっても、百年もの間一緒にいると、そういう不思議なことが起きるのだろう。そのことに、今さらながら、私が柳田孝雄とともに過ごした歳月の重みを実感する。

その柳田孝雄は、夕刻前に一度私の部屋へとやってきた。柳田は部屋の中央まで足を引きずりながら歩き、布団の横に静かに座った。それから一言二言会話をした後、安心した様子でそそくさと部屋を出ていった。

そのとき、知らない間に柳田も随分年を取ったのだなと、改めて感じた。百八十歳を超え、不老不死だと勝手に思い込んでいた柳田も、顔は皺と茶色いシミに覆われ、足腰の筋肉も昔に比べてずっと弱っていた。食も細くなり、あれほど好きだった性行為も、かれこれ三十年以上していない。

それでも、私は妖怪よりも長く生き続けている柳田より先に死んでしまうだろう。それだけは確信をもって言える。

不思議と死への恐怖はなく、ただただ穏やかな気持ちだ。もう生や富、自由への執着はどこか遠くへ行ってしまった。ただし、私の人生は何だったのだろうという問いだけは、私の胸にずっと重くのしかかったままだ。

答えなどない。それでも、問い続けることだけはやめられない。

もう今日はこのくらいにしておこう。退屈な日は、いつも日記が長くなってしまう。

20XX年8月12日

今日、医者から余命半年を宣告された。

しかし、驚きはない。身体の異常はずっと前から自覚していて、むしろ、ああまだそんなに生きられるのか、とのんきなことを考えるくらいの余裕があった。

手足は枯れ木の枝のように細くなり、節々の痛みを感じずに目覚めない朝などなくなった。深く息を吸うと、乾いた咳が出るようになり、食欲も失《う》せ、食べ物の香りがするだけで吐き気に襲われる。きっともうじきお迎えが来るのだろう。私は膝や腰をさすりながらいつもそう考えていた。だから、こうして余命を宣告されたところで、ショックも何もない。

しかし、私とは対照的に、宣告に立ち会った柳田と家政婦はかなりの衝撃を受けたようで、目の周りが真っ赤に腫れ上がるほどに泣きじゃくった。どうしてそんなに泣くことができるのだろうと、私は冷めた目で柳田孝雄を見ていた。

二百歳という大台も見え始めた彼は、友、子供、孫、あらゆる人間との別れを経験してきたはずだ。今さら、年老いた女が一人死んだとして、一体彼の人生にどれだけの影響があるのだろうか。

私は延命治療を断り、自宅で最期を過ごすことを医者と柳田に告げた。

百年以上書き続けてきたこの日記もあと半年で終わる。自分ながら、よく続けてこられたものだと思う。

20XX年4月7日
一ヶ月ぶりに日記を書いている。ここ最近は身体を動かすことも辛《つら》く、ペンを持つことすらままならない。今この瞬間も、手は震え、腕がつりそうになりながらも、意地と気合でなんとか書いているといった状態だ。
今日は珍しく、一日中、柳田が私を看病してくれた。マスコミの取材や経営する会社の取締役会もない、貴重な休みの日らしい。タオルを濡らして私の身体を拭いたり、お粥《かゆ》を食べさせてくれる。おむつの取り換えも柳田自身がやった。わざわざあなたがやる必要はないと何度言っても、柳田は首を横に振り、黙々と作業を続ける。二百五歳が百四十歳を看病するなど、なんと皮肉めいた状況なのだろうと今さらながら思う。
柳田に看病されている間、私はじっと彼の顔を見ていた。私の目の前には莫大な富を持ち、世界中の人間が垂涎《すいぜん》するほどの長寿を得た男がいる。私はというと、病との長い闘いで身体はぼろぼろになり、精神的にも疲弊しきっていた。だからなのかもしれない。自分でも思いがけない言葉が、ポロリと口から出てしまったのは。

「私はね、あなたの遺産が欲しくて結婚したの」

私はその瞬間、しまったと思った。しかし、すぐにその感情はなくなり、代わりにもうどうにでもなれという投げやりな気持ちになった。死にかけの状態でどうして相手に気を使う必要があるのだろう。

私は何も言わず柳田の反応を待ち続けた。タオルを絞っていた柳田は、まるで何事もなかったかのように、黙々と看病を続けた。聞かなかったことにしたのか、と私が考えていると、しばらくした後で柳田は消え入るような声で返事をした。

「知っていたよ」

その声は弱々しかった。それは老いのせいなのか、それともショックのせいなのか、今でもわからない。

「じゃあ、なんで結婚したの?」

私は彼を傷つけたかったのかもしれない。そうじゃなければ、そのような残酷な質問など絶対に口にしないだろうから。柳田は長い間返事をせず、黙々と作業を続けた。

タオルを絞り、私の身体を拭く。そして、すべての作業が終わったとき、柳田は私の問いにようやく答えた。

「君を愛していたから」

私は天井を見ながら、「そう」とだけ答えた。別に、深い言葉やハッとさせられる言葉を期待していたわけじゃない。柳田の言葉にがっかりしたわけでもない。ただ、ずっともやもやしていた何かがストンと胸に落ちた、そのような気がした。

柳田が二百年という時間を生き続けたこと、そして、私がいまここにいること。なんとなくだが、そのすべてがその言葉で説明できるような気がした。柳田孝雄の発した言葉はまさにそのようなものだった。

そしてそれと同時に、私は目の前にいる、歴史上でただ一人、二百五歳まで生きた柳田孝雄という男に興味を持った。彼がどういう思いで長い人生を生きてきたのか。どのような思索を経て、そのような言葉にたどり着いたのか。もっと彼のことを知りたい、と今さらながら思った。こんなことを考えるのは、結婚生活を始めて以来、初めてだった。しかし、もう私に時間は残されていない。もっと前から、彼に少しでも興味を持っていたらと考えるし、どうしてそうしてこなかったのだろうと疑問に思う。嫌というほど生きた人生の最後にこんなことを思うなんて、誤算もいいところだと可《お》笑《か》しくなってしまう。

ペンを持つ手の震えがひどくなってきた。まだ書きたいことはあるが、今日はこれくらいで書くのを止《や》めよう。先ほどから気温が低いわけでもないのに、寒気もする。

日記の続きは明日、それがだめなら、明後日にでも、一週間後にでも必ず書こう。

そして、口が動き続ける限り、頭が回り続ける限り、柳田から色々なことを聞こう、柳田と色々なことを話そう。そして、そのことを、私と柳田のことをこの日記に記すことにしよう。

それが少なくとも、この瞬間における、私が生きる意味だと思うから。

彼氏スイッチ

二人がけのソファにもたれかかり、私はスマートフォンに表示された『あ』のボタンをタップした。隣に座っていた雅《まさ》くんが身体《からだ》ごとこちらへと向き直り、私の目をじっと見つめてつぶやいた。

「愛してるよ、美保《みほ》」

「私も……愛してる」

火照った両頬に手を当てながら、私は雅くんの真剣な表情を覗《のぞ》き込んだ。セクシーな長いまつげの奥から、茶色く澄んだ瞳が一直線に私の目を射ぬいていた。私は雅くんと見つめ合ったまま、『い』と『う』のボタンをタップする。雅くんは両腕で私の身体を抱き寄せ、私の右肩に顔を埋《うず》める。そして、吐息のような甘い言葉で私の右耳にそっと囁《ささや》く。

「一生、離さない。そして……。生まれ変わっても絶対にお前を探しに行く」

稲妻のような喜びと快感が身体全体を走っていく。それでも、私は唇をぎゅっと噛《か》み締め、そっと雅くんの身体を押しのけた。

「でも、私じゃ雅くんにふさわしくないよ。私ってブサイクだし、性格も良くないし。雅くんの幼馴染《おさななじみ》の絵梨花《えりか》ちゃんに敵《かな》わないもん」

「絵梨花……？」

絵梨花という言葉に雅くんが一瞬だけ反応する。左の眉がぴくりと上がり、焦点の合わない虚《うつ》ろな目が泳ぎ始める。私が『え』のボタンをタップすると、瞬時に雅くんの顔に生気が戻る。雅くんは私の両肩を強く摑《つか》み、強引に私の唇を奪う。それは荒々しくも、優しい口づけだった。

「絵梨花なんか糞《くそ》みたいな女だよ。あんな女なんかより、美保の方がずっといい女だ」

「言い過ぎだよ、雅くん。でも……嬉《うれ》しい」

一瞬だけ絵梨花の悔しそうな表情が思い浮かぶ。駄目だと思っていても、私の頰が自然に緩んでしまう。愛される喜びとは別の満足感が心を満たしていくのを感じた。かすかな耳鳴りが聞こえ、視界にうっすらと白い靄《もや》がかかる。まるで陽光が差し込む海の中に潜っているかのようだった。

雅くんがもう一度私に口づけをする。上唇を端の方から啄《ついば》み、ゆっくりと雅くんの舌が私の口の中へと入っていく。二人の熱い吐息が重なりあった口の隙間から漏れる。

絡み合う舌がいやらしい音を立てる。雅くんの唇が私の唇を離れ、首筋を伝い、鎖骨へと降りていった。

私は興奮状態のまま手探りでスマートフォンへと手を伸ばし、『お』のボタンがある場所をタップした。雅くんは私から身体を離し、私の顔をもう一度見つめた。雅くんの澄んだ茶色い瞳には、服がはだけ、胸元が露《あら》わになった私が映っていた。

「お前が欲しい。お前がいないと俺は駄目なんだ」

雅くんが壊れるほどに強い力で私を抱きしめ、そのまま私を押し倒す。私は『か』のボタンをタップする。

「可愛《かわい》い……。可愛いよ……美保」

私の指が『き』のボタンへと伸びる。

「きっと、お前のことを見捨ててきた男たちは、みんな見る目がない馬鹿ばっかりだったんだろうな。お前はこんなに可愛いのに……」

雅くんは私の耳をなめながら、ブラウスの中へと手を入れた。熱気を帯びた私の身体の上を雅くんの固くてごつごつとした手が這《は》っていく。背中からうなじへ、そしてゆっくりと下半身へ。私は『く』のボタンを押し、スマートフォンを操作していた右手を雅くんの腰へ回した。

「苦しいよ……お前のことが好きすぎて……」

雅くんの手が私の太ももをなぞっていく。麻薬のような快感が私の身体に染み込んでいく。私の口から嬌声《きょうせい》が溢《こぼ》れる。もう何も考えられない。私は急《せ》かすように雅くんの手を掴み、秘部へと誘導しようとした。しかし、その時。雅くんの腕が彫刻のように固まって動かなくなった。

「……どうしたの？」

私は身体を起こし、雅くんの顔を覗き込む。雅くんの額には幾筋もの皺《しわ》が浮かび、口元はだらしなく開いていた。瞳孔が開ききった目で私を見つめていたが、焦点は合っていない。強烈な不安が私を襲う。雅くんを失う恐怖で涙がこみ上げてくる。過去の恥辱が脳裏にフラッシュバックする。私はそれを振り切ろうと、雅くんの顔を自分の胸に抱き寄せる。雅くんの口から溢れたよだれが、胸元にたれ、ひんやりと冷たい感触がした。

「今の私には雅くんしかいないの。……だから、お願い」

私はソファの下へと落ちていたスマートフォンを拾い上げ、『け』のボタンを押す。しかし、雅くんの反応がない。もう二、三度ボタンを押してようやく雅くんは決められたセリフをつぶやいた。

「結婚しよう……」

私は雅くんの頭にそっと口づけをする。雅くんの髪は汗でほんのりと湿っていた。続きをしよう。私は雅くんの耳元で囁き、スマートフォンを握りしめる。そして、『こ』のボタンを押そうとしたその時、雅くんの右手がゆっくりと私の腕を摑んだ。雅くんが顔を上げ、私の顔を覗き込む。顔を震わせながら、手を震わせながら、雅くんはかすれるような声で私につぶやいた。

「殺してくれ」

顔に書いてある

私の彼氏は、いつも私がして欲しいことを察してくれない。でも、だからといって、わざわざ自分からあれをしてとか、これをしてって言うのはなんだか負けたような気がして嫌。そういうわけで私は、自分のして欲しいことをあらかじめ黒のペンで顔に書いておくことにした。

「今度の連休だけどさ、美那子《みなこ》はどこに行きたい？」

「たっくんが行きたい場所ならどこでもいいよ」

落ち着いた雰囲気の喫茶店。向かいの席に座るたっくんにそう答える。たっくんはまじまじと私の目を見て、そしてゆっくりと私の右頬へと視線を移し、少しだけ迷いながら私に提案してくる。

「じゃあ、久々にディズニーシーにでも行く？」

「本当⁉　行く行く！　ちょうど私も行きたいと思ってたの！」

私が連れて行って欲しい場所をチョイスしてくれたことに私は嬉《うれ》しくなる。たっくんは私の反応を見て、ほっと胸をなでおろし、少しだけ残っていたコーヒーに口をつけた。

「すごいね、たっくん。よくわかったね」

「だって……顔に書いてあったから……」

連休のデートプランについて二言三言話し合った後、私は席を立ち、お手洗いへと向かう。鏡の前に立ち、自分の顔に書いておいた『ディズニーシーに行きたい』という言葉をゴシゴシとクレンジングシートで落とす。そして、ポーチから取り出したペンで、別の言葉を右頰に書いておく。鏡で仕上がりをチェックし終えてから席に戻り、そろそろ出よっかとたっくんに提案する。たっくんは顔をあげ、私の右頰に書かれた言葉をじーっと見つめた。

「この後どうしよっか？」

「えっーと……パルコに買い物に行く？」

恐る恐る尋ねてくるたっくんに、私は満面の笑みで頷《うなず》いてみせる。

「うん！　行く！」

＊＊＊＊

口に出さずとも自分のして欲しいことを察してくれる。これほど自分が大事にされ

ている と実感できることはない。欲しい物を顔に書いておけば、たっくんは私の欲しい物を誕生日にプレゼントしてくれるし、『寂しい』とか『構って』とかって顔に書いておくと、たっくんはいつもよりずっと優しくしてくれる。私からみっともなくお願いする必要もなく。あざとい女みたいに甘い声でねだる必要もなく。

それからというもの、たっくんとの時間はずっとずっと楽しくなったし、たっくんとずっとずっと一緒にいたいという気持ちはどんどんどんどん強くなっていった。そして交際三年目の記念日デート、私はいつもより高級な香水をつけ、たっくんが気に入るようなお化粧をして、そしてそれから『結婚したい』という言葉を右頬に書いて出かけた。夜景の見えるフレンチレストランで私達は乾杯をし、上品なコース料理を楽しみ、二人の思い出について話に花を咲かせた。食後の紅茶をテーブルに置き、たっくんが腕時計を見る。

そろそろ出ようか。少しだけ顔をうつむかせて、たっくんがつぶやく。私はたっくんの顔を下から覗《のぞ》き込み、何か大事な話とかない？　とお膳立てをしてあげる。たっくんの視線が、テーブルから私の右頬へと移っていく。たっくんの右のこめかみからひとしずくの汗が滴り落ちていくのが見えた。たっくんの口がゆっくりと『け』の形へと変わっていく。その時だった。

「ねぇ、あんたいい加減にしなよ！　たっくんが困ってるじゃない！」

突然現れた女性がバンッとテーブルを叩《たた》き、机の上のカップが揺れた。声のする方へ顔を向けると、私と同じくらいの年齢の女性が、するどい目つきでこちらを睨《にら》んでいた。

「言いたいことも言わずに、相手を自分の思い通りにしたがるなんて子供のやり方よ。あんたみたいにプライドが高くて、自己中な女が一番キライなの！　たっくんもね、あんたと一緒にいると気が休まらないっていっつも言ってるわ！」

「な、なんなんですか、あなた！」

たっくんの方へと振り向くと、たっくんがさっと顔をそらす。その反応だけで、私は彼女とたっくんがどのような関係なのかを悟った。

「自分から別れを切り出すって言ってたから陰で見守ってたけどさ、あんたのその卑怯なやり方見てらんないわ。たっくんの代わりに私が言うわ。もうたっくんと別れて頂戴《ちょうだい》」

「そんなの……絶対に嫌！　なんで私がたっくんと別れないといけないんですか！」

「私ね、妊娠してるの。もちろんたっくんの子よ」

妊娠。その言葉に頭が真っ白になる。浮気相手の女性が勝ち誇ったような表情を浮かべる。気がつけばレストランの客が好奇のまなざしで私達を見ていて、まるで私の敗北を嘲笑《あざわら》っているかのようだった。

「どうして……どうして、浮気なんかしたの⁉　信じられない！」

私は怒りのままにたっくんに罵声《ばせい》を浴びせた。それから両手で顔を覆い、声をあげて泣いた。涙がとめどなく流れ、右頬に書かれた言葉の上を伝っていくのを感じた。

「どうしてって言われても……」

私の嗚咽《おえつ》に交じって、たっくんの声が聞こえてくる。私が顔を上げ、たっくんの顔を見る。たっくんは困惑したような表情を浮かべ、私の右頬に視線を移し、そして言い訳がましい口調でこう言ってのけた。

「だってさ、『浮気しないで』とは顔に書いてなかっただじゃないか」

↑の先

　左手にはめた腕時計を見る。時刻は八時四十五分。今から引き返しても、会社の始業時刻には絶対に間に合わない。俺は諦めのため息をつき、再びコンクリートの地面を見る。薄鈍色《うすにび》のアスファルトの上、赤いクレヨンで大きく殴り書きされた矢印。指し示す方向を百から二百メートル先に進むと、同じような矢印がまた描かれており、その矢印をたどっていくとさらにまた同じような矢印がある。その繰り返し。俺は会社をサボり、その矢印が指し示す方向へと、黙々と歩き続けていた。

　矢印の存在に気が付いたのは、会社に遅れてしまうと急ぐあまりに足をもつれさせ、固いコンクリートの上で盛大にこけてしまった時だった。何やってんだろ。好きでもない仕事のために、こんな必死になっちゃって。俺は擦《む》り剝けた掌《てのひら》を見つめながら、ふとそんなことを考えていた。そしてその時、歩いていた時には見えていなかった赤い矢印がふと自分の視界に映った。くだらない子供のいたずらに、張り詰めていた緊張の糸がぷつんと切れる。俺にもこんなことをして喜んでいた時代があったなと思うと、なんだか今の自分がどうしようもなくくだらなく見えて仕方がなかった。俺は会社とか仕事とかすべてがどうでも良くなって、会社がある方向ではなく、その矢印の先に歩いて行った。

しかし、子供のいたずらにしては、矢印はいつまでも絶えることがなかった。右に曲がったかと思いきや、左に曲がり、結局は無駄に一周しただけということもあった。住宅街の中を突っ切っていくこともあったし、大きい国道を渡ったこともあった。公園の散歩道、空き家の庭、河川にかかる大きな橋、歩道橋。矢印には何の法則性もなく、決まったルートを選んでいるというわけでもなかった。

いつの間にか太陽は頂点に達し、日差しが徐々に強くなっていく。汗が気持ち悪いし、足の裏も痛い。それでも、もし途中で引き返してしまったら、会社をサボった意味がなくなるような気がしたため、俺は半ば意地になって歩き続けた。

日が暮れるまで歩き続けてもなお、矢印の終わりまでたどり着くことはできなかった。しかし、家に帰るという選択肢はなかった。近くのビジネスホテルにチェックインした後、歩きやすい服と靴を買い、スーツや鞄《かばん》を宅配便で家に送った。昼過ぎからは会社からの着信もなくなっていた。ここまで来たら、とことんやってやる。翌日、俺は柄にもなく早起きをし、朝一から矢印が指す方向へ歩き出した。

ただただ歩くだけの時間だったが、退屈をするということはなかった。というのも、同じことをやっている人間は俺の他にもいて、途中で何人かの人間を追い抜き、または追い越されたりもしたからだ。時間が有り余っている大学生に、無職の中年男性、昼休み中のOL。くだらないことをやっている同士、奇妙な連帯感が湧いてきて、お互いの存在に気が付くと、軽く会釈をしてみたり、気軽に話しかけもした。退屈だからと並んで歩き、雑談に花を咲かせるということもあった。けれど、俺のように会社を休んでまで矢印を追いかけている人間とは出会わなかった。それが、なぜだか俺の自尊心を満足させた。

「妻が子供を連れて出ていっちゃってな」

そうぼやいたのは、昼間から仕事にもいかず酒を飲んでいた中年の男。重度のアルコール依存症で、酔っぱらうと暴力をふるってしまうんだと卑屈そうに笑った。口からはアルコールの臭いがしたし、前歯の先が欠けていた。彼とは数時間一緒に並んで歩いた。通りかかった公園で、太陽がさんさんと照り付ける中ベンチに座り、コンビニで買ってきた安いチューハイで乾杯した。その後、酔っぱらったその男から突然暴力を振るわれ、それがもとになって喧嘩《けんか》別れをすることになった。

「会社行かなくて大丈夫なんですか？　クビにならないんですか？」

茶化してきたのは、人生のモラトリアムを満喫するエリート大学生だった。彼は南米旅行の際、タクシーで移動中に強盗に遭い、身ぐるみを剝《は》がされて無一文になった体験談を面白おかしく聞かせてくれた。また、途中から恋愛の話になり、俺が今現在彼女がいないことを告げると、ちょうど今夜合コンがあるから来ませんかと無邪気に誘ってきた。数が足りないわけでもないし悪いよと遠まわしに断ると、そういうノリが悪いところが駄目なんじゃないですかと、本気か冗談かわからないダメ出しをされた。彼は一、二時間ほど一緒に歩いた後、合コンに遅れるからとタクシーを呼び、離脱していった。

「あれ？　須田《すだ》君だよね？」

出会った人間の中で一番長く行動をともにしたのは、中学の同級生、沼田《ぬまた》君だった。沼田君とは中学の時、数回漫画の貸し借りをした程度の仲で、初めに呼び止められた時、誰だか全く思い出せなかったほどだった。お互いに探り合うような会話から始め、次第に打ち解けていき、不思議なもので最後の方は中学時代よりもずっと仲良くなっていた。

彼とは数日間、ともに歩き続けた。同じホテルに泊まり、同じタイミングで休んだ。自分が言うのは何だが、家族が心配しないのかと沼田君に尋ねると、彼は大丈夫と少しだけ顔を伏せて答えた。詳しく聞くと、彼は大学を中退し、その後ずっと仕送りをもらいながら引きこもりの生活をしているらしかった。最近やっと、外に出られるようになり、散歩中に偶然この矢印を見つけたらしい。ただ、なぜ中退してしまったのかということだけは最後まで教えてくれなかった。

長い時間一緒にいる分、沼田君にはすごく親近感を持ったし、このまま彼と矢印の終わりまで歩き続けるのだろうなとぼんやりと考えていたこともあった。しかし、ビジネスホテルで別々の部屋に泊まった後、沼田君は何の連絡もなく消息を絶った。俺がホテルを出た時にはすでにチェックアウトを済ましていて、買い物に行っているのかとホテルの前で待っても沼田君は現れなかった。数時間待って、俺はようやく踏ん切りをつけ、矢印の方向へと一人で歩き出した。寂しくないわけではなかったが、前と同じ独りぼっちに戻っただけだと考えると幾分心は安らいだ。

歩き続けながら、色んな人と出会ったし、色んなことを考えた。同じ人と繰り返し出会うことも多かったし、思考も同じところをぐるぐると回っているだけということのほうが多かった。隣の県に入ったかと思いきや、結局自分の家の近くまで戻ってきたということもあった。何の意味も目的もなく、俺はただただ歩き続けた。誰にも、会社にも知られることなく、俺は俺のためだけに歩き続けた。いつになったら矢印が途絶えるのだろうという考えはなくなり、無の境地へと入り始めていた。きっと矢印は永遠に続いて行くのだろうと思い始めていたし、それでもいいとさえ思っていた。

しかし、終わりは本当に唐突に、そしてあっけなく訪れた。

矢印の先をじっと見る。しかし、俺が見つめる先に赤く描かれた矢印は見えない。実際、数百メートル歩き、見落としがないかと地面を観察したり、数個前の矢印に戻って、別の方向を指す矢印を見落としていないかを確認してみたりもした。しかし、どんなに探してみても矢印は見当たらなかった。何の予兆もなく、理由もなく、矢印はそこで終わっていた。

俺は辺りを見回す。ここは国道から近い、ありふれた住宅街の中だった。別に特段変わった場所でもなかったし、一週間近く歩き続けた人へのご褒美が用意されているというわけでもない。矢印はここで終わり、そして俺の旅もまたここで終わりということ。俺は虚脱感に似た感情を覚えながら、十分ほどその場に立ち尽くした。

その時、ふと右を向くと、少し先に百円ショップがあるのが見えた。俺は遠くからじっとその店を眺めた後、ようやく決心がつき、その百円ショップへと向かった。

店の中に入り、赤いクレヨンを買う。それから終端の矢印のもとへと戻り、再び矢印が指す方向へと歩き出す。数百メートル先で立ち止まった後、俺はその場にしゃがみこみ、クレヨンで矢印を描いた。なるべく大きく、今まで嫌というほど見てきた矢印に似せて。

矢印を書き終えると、俺はそのますすくっと立ち上がる。地面に描かれた矢印を見て、どこか満足げな気持ちになる。そして俺はクレヨンをポケットの中に仕舞い、矢印が指す方向ではなく、帰るべき自分の家へ向かって歩き始めた。

小学館文庫
好評既刊

あなたの死体を買い取らせてください

村崎羯諦

ISBN978-4-09-407222-8

「君の死体を買い取らせてくれ」大病を理由にプロポーズを断った翌日、突然恋人からそう言われた余命いくばくもない彼女がとった驚きの行動とは――？（「あなたの死体を買い取らせてください」）「明日の深夜、人間に対して猫が戦争を起こすことになっていて」飼い猫から戦争の開始を告げられた男に待ち受ける数奇な運命とは――？（「にゃんだって!?」）大人気ショートショート集『余命3000文字』の著者が贈る、涙と笑いと、あっと驚くどんでん返し。朝読、通勤、就寝前のすきま時間を彩る、どこから読んでも楽しめる作品集。書き下ろしを含む全二十四編を収録！

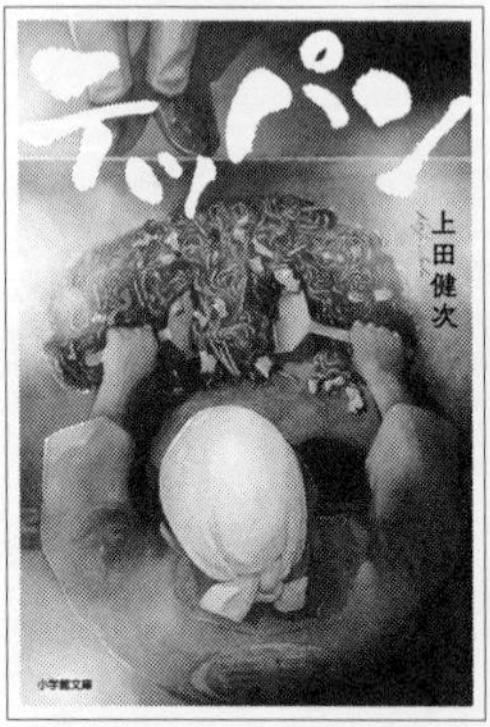

テッパン

上田健次

ISBN978-4-09-406890-0

中学卒業から長く日本を離れていた吉田は、旧友に誘われ中学の同窓会に赴いた。同窓会のメインイベントは三十年以上もほっぽられたタイムカプセルを開けること。同級生のタイムカプセルからは『なめ猫』の缶ペンケースなど、懐かしいグッズの数々が出てくる中、吉田のタイムカプセルから出てきたのはビニ本に警棒、そして小さく折りたたまれた、おみくじだった。それらは吉田が中学三年の夏に出会った、中学生ながら屋台を営む町一番の不良、東屋との思い出の品で——。昭和から令和へ。時を越えた想いに涙が止まらない、僕と不良の切なすぎるひと夏の物語。

小学館文庫
好評既刊

銀座「四宝堂」文房具店

上田健次

ISBN978-4-09-407192-4

銀座のとある路地の先、円筒形のポストのすぐそばに佇む文房具店・四宝堂。創業は天保五年、地下には古い活版印刷機まであるという知る人ぞ知る名店だ。店を一人で切り盛りするのは、どこかミステリアスな青年・宝田硯《けん》。硯のもとには今日も様々な悩みを抱えたお客が訪れる——。両親に代わり育ててくれた祖母へ感謝の気持ちを伝えられずにいる青年に、どうしても今日のうちに退職願を書かなければならないという女性など。困りごとを抱えた人々の心が、思い出の文房具と店主の言葉でじんわり解きほぐされていく。いつまでも涙が止まらない、心あたたまる物語。

小学館文庫
好評既刊

まぎわのごはん

藤ノ木優

ISBN978-4-09-407031-6

修業先の和食店を追い出された赤坂翔太は、あてもなく町をさまよい「まぎわ」という名の料理店にたどり着く。店の主人が作る出汁の味に感動した翔太は、店で働かせてほしいと頼み込む。念願かない働きはじめた翔太だが、なぜか店にやってくるのは糖尿病や腎炎など、様々な病気を抱える人ばかり。「まぎわ」はどんな病気にも対応する食事を作る、患者専門の特別な食事処だったのだ。店の正体に戸惑いを隠せない翔太。そんな中、翔太は末期がんを患う如月咲良のための料理を作ってほしいと依頼され——。若き料理人の葛藤と成長を現役医師が描く、圧巻の感動作！

小学館文庫
好評既刊

あの日に亡くなるあなたへ

藤ノ木 優

ISBN978-4-09-407169-6

大学病院で産婦人科医として勤務する草壁春翔。春翔は幼い頃に妊娠中の母が目の前で倒れ、何もできずに亡くなってしまったことをずっと後悔していた。ある日、春翔は実家の一室で母のPHSが鳴っていることに気づく。不思議に思いながらも出てみると、PHSからは亡くなった母の声が聞こえてきた。それは雨の日にだけ生前の母と繋がる奇跡の電話だった。さらに春翔は過去を変えることで、未来をも変えることができると突き止める。そしてこの不思議な電話だけを頼りに、今度こそ母を助けてみせると決意するのだが……。現役医師が描く本格医療・家族ドラマ！

小学館文庫
好評既刊

殺した夫が帰ってきました

桜井美奈

ISBN978-4-09-407008-8

都内のアパレルメーカーに勤務する鈴倉茉菜。茉菜は取引先に勤める穂高にしつこく言い寄られ悩んでいた。ある日、茉菜が帰宅しようとすると家の前で穂高に待ち伏せをされていた。茉菜の静止する声も聞かず、家の中に入ってこようとする穂高。その時、二人の前にある男が現れる。男は茉菜の夫を名乗り、穂高を追い返す。男はたしかに茉菜の夫・和希だった。しかし、茉菜が安堵することはなかった。なぜなら、和希はかつて茉菜が崖から突き落とし、間違いなく殺したはずで……。秘められた過去の愛と罪を追う、心をしめつける著者新境地のサスペンスミステリー！

小学館文庫
好評既刊

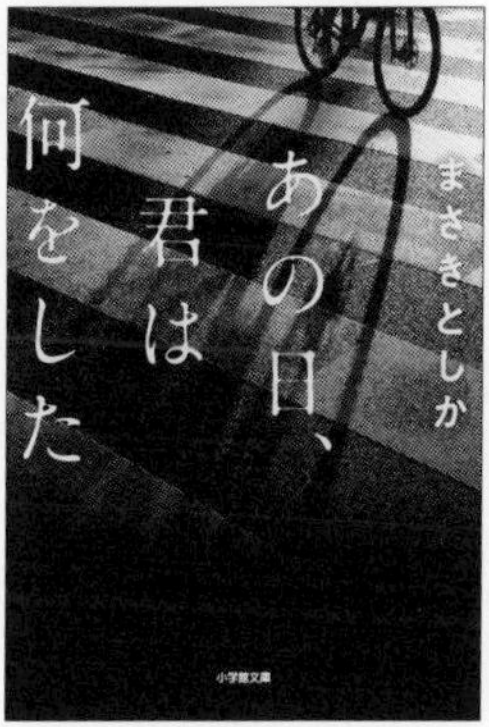

あの日、君は何をした

まさきとしか

ISBN978-4-09-406791-0

北関東の前林市で暮らす主婦の水野いづみ。平凡ながら幸せな彼女の生活は、息子の大樹が連続殺人事件の容疑者に間違われて事故死したことによって、一変する。大樹が深夜に家を抜け出し、自転車に乗っていたのはなぜなのか。十五年後、新宿区で若い女性が殺害され、重要参考人である不倫相手の百井辰彦が行方不明に。無関心な妻の野々子に苛立ちながら、母親の智恵は必死で辰彦を捜し出そうとする。捜査に当たる刑事の三ツ矢は、無関係に見える二つの事件をつなぐ鍵を掴み、衝撃の真実が明らかになる。家族が抱える闇と愛の極致を描く、傑作長編ミステリ。

——本書のプロフィール——

本書は、小説投稿サイト「小説家になろう」に掲載された作品を改変、再編集し書き下ろしを加えたものです。

小学館文庫

余命《よめい》3000文字《もじ》

著者 村崎羯諦《むらさきぎゃてい》

二〇二〇年十二月十三日 初版第一刷発行
二〇二三年九月二十四日 第十七刷発行

発行人 石川和男
発行所 株式会社 小学館
〒一〇一-八〇〇一
東京都千代田区一ツ橋二-三-一
電話 編集〇三-三二三〇-五二三七
販売〇三-五二八一-三五五五
印刷所 ―― 中央精版印刷株式会社

この文庫の詳しい内容はインターネットで24時間ご覧になれます。
小学館公式ホームページ https://www.shogakukan.co.jp

ISBN978-4-09-406849-8